長編小説

ふしだら蝶の谷

〈新装版〉

霧原一輝

竹書房文庫

目次

第一章　欲しがる女たち

1

（ここに、あの蝶《ちょう》が棲《す》んでいるのか……）

緑なす山々に囲まれた谷川沿いにある小さな集落を眺めて、高野英章《たかのひであき》の胸は高鳴った。

新種の蝶がこの山間にいるという確信を持ったのは、ひょんなきっかけからだった。

高野は東京都の区役所に勤めているのだが、友人が信州の山奥にあるこのK村を訪ねたときに撮った写真に、見たことのない蝶がたまたま写っていた。

日本では絶対に見ることのできない大型の蝶で、しかも、鮮やかなコバルトブルーを基調に赤い斑点《はんてん》が入っており、翅《はね》の後部は黒だった。

南米で見られるモルフォ蝶に似ていたが、モルフォはこんなにカラフルではない。

写真が一枚だけなら、光線の具合でそう写ることもあるだろう。だが、彼が撮った数枚の写真のなかで、同じ模様の蝶が何匹も舞っていた。

蝶のコレクターである高野が、大発見につながる可能性のあるこの事実を放っておけるわけがなかった。すでに四十五歳で若い頃と比べたら体力は格段に落ちている。この先、思うがままに野山を駆けめぐることのできる時間はあまり多くはない。

新種を発見し、自分の名前の入った蝶名をつけることは、蝶愛好家の最大の夢である。

他の誰かにその手柄を立てられる前に、ぜひとも自分でその偉業を成し遂げたかった。そして、幻《まぼろし》の蝶を捕らえるために、高野は遅めの夏期休暇を取って、八月末にこのK村に勇躍乗り込んできたところだった。

村に入ったところにある観光案内所で、宿泊予定の旅館『山際館《やまぎわかん》』の場所を教えてもらい、村道を歩いた。

この村も過疎の洗礼を受けていて、鄙《ひな》びた町並みで見かけるのは、老人と子供が多く、働き盛りの男たちの姿はほとんどなかった。

だが、至るところに蝶が飛んでいた。

アゲハチョウ、キアゲハ、モンシロチョウに、山間に棲むことの多いヒョウモンチョウなどが、まるで、人口の少なさを補うように活発に飛びまわっていた。

歩きながら、高野は蝶たちを観察する。

新種の蝶は、谷川沿いの森に入ったところで写真に撮られている。こんな町中にいるはずはないのだが、万が一のことがある。ついつい青い光沢を放つ蝶をさがしてしまう。村に入って十五分ほどで旅館が見えてきた。

緑一色の山の麓《ふもと》の高台に、二階建ての古色蒼然とした日本家屋が建っていた。注意しないと見逃してしまうような小さな旅館である。

つづら折りをのぼっていき、旅館の玄関に到着すると、歳の頃は三十五、六だろうか、臈《ろう》たけた和服美人が出迎えてくれた。

『山際館』の女将《おかみ》なのだろう、この辺鄙《へんぴ》な村にどうしてこんな美人が、と疑いたくなるような楚々《そそ》として艶《あで》やかな女である。

小紋の着物を身につけて、髪をシニョンに結った女は高野を見て、姿形に相応《ふさわ》しい声で言った。

「高野さまでございますね」

「ええ……高野です」

答えながら、高野はまるで蝶の化身《けしん》のような女だと思った。

清潔感がありながら、そこはかとない色気が滲《にじ》み出ている。媚《こび》を売っているわけではないのだが、ごく自然に色気があふれている感じである。

蝶にたとえるならば、何だろう？　ウスバシロチョウのように繊細で、ルリタテハのように華麗だ。

「お待ちしておりました。長い道中で、お疲れでしょう。どうぞ、こちらに」

女将自ら客の荷物を持って、旅館に入っていく。

記帳を終えて、小さなラウンジでウエルカムティーをご馳走になった。その間に、女将が自己紹介する。

名刺には、橋口《はしぐち》美鈴《みすず》という名前が記されてあった。

まるで後光を発しているような美貌に見とれていると、

「高野さまは一週間のご滞在ということで、よろしいですね」

美鈴が柔和な笑みを浮かべて話しかけてくる。

「ええ……じつは、蝶の採集にきたんです」

「蝶ですか？」

「はい……これはまだ内緒にしておいてほしいのですが……」

と、高野はこの付近に新種の蝶がいる可能性があることを告げた。

「モルフォ蝶のようにコバルトブルーで、赤い斑点の入った大型の蝶なんですが、女将は見たことはありますか？」

早速訊《き》くと、

「いえ、残念ながらわたしは……」

と、首を横に振る。

「そうですか……山奥に棲息《せいそく》するみたいだから、この辺には降りてこないのかもしれませんね」

「ここの山は高くはないですが、複雑な地形をしておりますので、甘く見ていると、遭難します。暗くなってからは絶対に山には入らないようにしてください」

「はい、肝《きも》に銘《めい》じておきます」

それから、夕食と朝食の時間と場所や、旅館の温泉の説明を聞いていると、もうひとりの従業員がやってきた。

こちらは若い。二十三、四だろうか。

井口香里《いぐちかおり》と言って、美鈴の姪にあたるとのことだ。この二人で部屋数六つの旅館を切り回しているのだという。

「ご覧のように小さな旅館です。何かと行き届かないこともあるかと存じますが、そのぶん、小回りも利きます。ご要望があれば何でもおっしゃってください。出来る限りのことはいたしますので」

そう言う女将の目は真剣だ。これといった特色もなく、温泉と景色だけが取り柄のこの寂《さび》れた村では、集客は難しく、この旅館も経営難であることは推測できる。

「長旅でお疲れでしょう。ただ今の時間、温泉も入れますので、ごゆっくりとおくつろぎください……香里さん、ご案内してさしあげて」

香里が二つあるバッグを持って、「どうぞ、こちらに」と前を歩いていく。

和服ではなく、ブラウスに紺色のスカートを穿いていた。

ミディアムヘアでかわいい顔をしていて、スカートの尻もぴちぴちに張りつめている。

階段をのぼっていき、廊下を歩いた角部屋の『藤の間』に通される。

八畳の和室に広縁のついた決して広くはない部屋だが、床の間には一輪挿しが飾られ、随所に気配りの感じられる落ち着いたいい和室だった。

香里が窓を開けると、眼下には裏庭が見えて、遠くに低い山々が連なる景色が目に飛び込んできた。

「ここは涼しいので、エアコンはほとんど必要ありません」

「そうみたいだね。東京とは大違いだ」

「でも、何もない田舎より、東京のほうがいいですよ。わたしも東京に出たかったんですよ」

香里は会話を交わしながら、お茶を淹《い》れる。ブラウスを持ちあげた大きな胸に見とれながらも、

「女将さんは叔母にあたるんだね」

訊くと、香里はうなずいて、

「叔父さまにここを手伝ってくれと頼まれて、おかげで東京に出るチャンスを失いました」

「そうか……叔父さんは、今、ここをやってないの？」

「こんなことお客さんに伝えていいのか……二年前に亡くなりました」

「そう……悪かったね。馬鹿なことを訊いてしまった」

答えながら、頭のなかでは、女将は未亡人なのだな、とぼんやりと思っていた。

「では、何かあったら、遠慮なくお申しつけくださいませ。お風呂は一階の離れにあります。今のうちのお客さまは他には女の方がおひとりですので、ごゆっくりくつろいでいただけると思います」

「そうか……ありがとう」

「では、ごゆっくり」

香里が部屋を出ていく。

窓辺に立って外の景色を眺めながら、高野は今日は休んで、明日から蝶の採集に出かける腹を固めていた。

2

その夜、高野は眠ることができずに、布団の上を輾転《てんてん》としていた。

今日は長い距離を移動して疲れているはずだから、たとえ枕が違っても容易に寝つくことができると思っていた。だがどういうわけか、体の芯がカッカして、体が休もうとしない。

やはり、明日からの幻の蝶採集で気持ちが昂《たかぶ》っているのだろうか？

目を瞑《つむ》っても、写真で見た姿が頭のスクリーンのなかで飛び交っている。

写真を撮った友人からは、蝶がいた場所を聞いているから、明日は真っ直ぐにそこに向かえばいい。

かなり上空を飛ぶようなので、組み立てて継ぎ足せば、五メートルに及ぶ捕虫網を持ってきている。

いったん起きあがり、明日の用意を確認して、ふたたび寝床に入る。

目を閉じると、あの蝶に女の姿が重なった。

女将の美鈴だった。

ほんとうに素敵な人だ。夕食時に訊いたら、三十五歳だと言っていた。

その歳で未亡人というのは気の毒である。

だが、自分だって十年前に離婚して以来、独り身だ。離婚の原因は、女房の浮気だが、その原因は自分が蝶に狂って家庭を省《かえり》みなかったためだ。

休日も蝶の採集にどこかに出かけたり、捕らえてきた蝶の展翅《てんし》の作業や蝶仲間との会合に時間を割いて、妻と一緒の時間を作ろうとしなかった。

本末転倒と言われればそれまでだが、仕事はきちんとしているから、蝶の趣味をやめようとも思わない。蝶という魅惑的な存在から逃れられそうにもなかった。

(それにしても、今日の夕食は美味《おい》しかった)

とくに、このへんで採れるというムラノオオクサの天ぷらは絶品だった。アシタバに味が似ていて、不思議な香味があった。

食堂で挨拶を交わした、一週間前から泊まっているという井草日登美《いぐさひとみ》という女性客も、ムラノオオクサは病み付きになると言っていた。彼女はもう少しここに滞在すると言っていたから、そのうちにお近づきになりたいものだ。

(しかし、眠れない!)

布団の上を輾転としていると、どこからか、獣《けもの》の唸《うな》りに似た低い声が耳に届いた。

どうやら、外から聞こえてきているようだ。

エアコンを使うまでもなく、かといって閉め切っていると蒸し暑いので、窓は開け放って網戸が立っている。

(野生の動物が近くに来ているのか?)

高野は布団から出て、窓際に近づき、目と耳をフルに働かせる。

「うぁぁあ、うぁぁあ……」という低い唸り声が、徐々に「うっ、うっ、あっ、あん」と変わってきた。

(そうか……これは女の喘ぎ声では……しかし、誰が?)

女将の美鈴と仲居《なかい》の香里と、客の日登美の顔が脳裏に浮かんできた。

時々、「いやっ、やめて」という助けを求めるような声も混じっている。

(どうしよう? このまま放っておくか……しかし、もし無理やりされているとしたら、助けるべきではないか?)

いや、それ以上に、誰がこんなところでセックスしているのか、という興味のほうが大きかった。

高野は半纏《はんてん》をはおって、部屋を出た。

しんと静まり返った旅館の廊下を足音を忍ばせて歩き、階段を降りて玄関から外に出た。声がするほうに近づいていくと、獣染みた女の喘ぎ声は、敷地内にある古い納《な》屋《や》から漏《も》れているようだった。

納屋の格子が立っている窓から、そっとなかを覗くと——。

農耕具の置かれた納屋の内部が、満月の月明かりでぼんやりと浮かびあがり、壁を背景にして立った素っ裸の若い女が、正面から大柄な男に貫かれていた。

愕然としながらも、目を凝らした。女は旅館の関係者ではない。二十七、八歳だろうか清楚でととのった顔をしている。

（あっ……！）

思い出した。今日、ここに来るときに寄った村の観光案内所で、『山際館』の場所を丁寧に教えてくれた従業員の女性だ。

こんな大胆なことをするような女には見えなかっただけに、驚きは大きかった。

「あんっ、あんっ、あんっ……気持ちいい。狂っちゃう……おかしくなるぅ」

女が大きく顎をせりあげながらも、男にしがみついている。

そして、下半身をあらわにした筋骨隆々とした男が、女のすらりとした片足を持って、逞《たくま》しい尻を打ち振って突きあげている。

腰まで持ちあげられた足がぶらぶら揺れて、

「……いい……いいの。ずっと欲しかった。毎日でも欲しい。もっと、もっと突いて。メチャクチャにして」

女はセミロングの髪を振り乱して、男の肩にしがみつき、背中に爪を立てる。

「ほうら、好きなだけよがれ。獣になれ」

男はすさまじい勢いで腰を叩きつけている。

高野はただただ圧倒され、啞然としてその様子に見入っていた。

こんな荒々しいセックスをじかに目にするなど、初めてのことである。そして、股間のものがいつの間にか激しくエレクトして、浴衣《ゆかた》を突きあげていた。

案内所の女がなぜ、わざわざここに来て男とまぐわっているのか？　そもそもこの男は何者なのだ、という疑問はある。

だが、それ以上に、青白い月明かりに浮かびあがった獣染みたセックスは強烈で、高野の理性を奪っていた。

男のごつい手が、仄白《ほのじろ》くたわわな乳房を鷲《わし》づかみにして、ぐいぐいと揉み込む。月光を浴びた乳肌がたわみながらも、男の指にまとわりついているのがはっきりと見える。

男が耳元で何か囁いて、女が土間に仰向《あおむ》けに寝ころんだ。

男が動いたときに、その横顔が見えた。髪の脇を刈りあげた、ヤクザのような険しい顔をしていた。男は地面に両膝をつき、女の膝をすくいあげた。

ちょうど真横から見る形になって、男の反り返ったシンボルが目に入り、そのすさまじいイチモツに度肝を抜かれた。

肉の凶器が女の足の間に入り込み、姿を消して、

「うぐっ……」

女が顔をのけぞらせた。

削げたような頬の男が、腰を叩きつける。

「あっ、あっ、あっ……」

打ちつけられるたびに、女はたわわな乳房をぶるんと揺らして、地面を指で引っ掻《か》く。プディングのように揺れ動く双乳が、月明かりを浴びて仄白く光っていた。

女はじかに地面に寝ているのだから、身体も痛いはずだ。肌も汚れるはずだ。

だが、そんなことおかまいなしに、女はもたらされる悦《よろこ》びを全身で表している。

(こんなことをしてはダメだ……)

自制しようとするものの、滾《たぎ》る欲望は制御できなかった。

高野は浴衣の前身頃《まえみごろ》の間から右手をすべり込ませて、分身を握った。それは熱いと感じるほどに力を漲《みなぎ》らせ、触れただけで甘美な快感がひろがった。

(四十五歳にもなって……だいたい、自分は蝶を捕りにきたんじゃないか)

そう自分を戒《いまし》めるものの、体の奥底から強烈な本能がうねりあがってきて、理性を凌駕してしまう。

しごきながら、地面の上でまぐわう二人に視線を釘付けにされていた。

女のすらりとした足がV字に開いて伸ばされ、男の肩にかかっている。

そして、男の筋肉質の尻が躍動し、肉棹《にくざお》が女を刺し貫いて、

「ぁああ、ぁあうぅぅ……イク、イクわ」

女の切羽詰まった声が聞こえてくる。

すさまじい性の営みを見せつけられて、高野は分身を強くしごく。

今、自分はひどく昂奮《こうふん》している。

この村に入り、『山際館』の女将を見たときから、体の底で何か目を覚ましたようで、香里の太腿《ふともも》やら、日登美の胸元までが気になってしようがなかった。

だいたい普段の自分なら、わざわざ部屋を出て、覗き見などしないだろう。

「あん、あんっ、あんっ……壊して。メチャクチャにして。あうぅぅ、もっともっと強く！」

「ふふっ、お前も変わったな。以前は会うのを警戒していたのに。今では自分から求めてくる。いやらしく、股を開いて誘ってくる」

男が言って、いっそう強く腰を振りおろした。

バスッ、バスッと音がして、女はのけぞりかえって、両手で地面を引っ掻き、

「ああ、そうよ。自分がどんどん淫らになっていくのがわかる。ああ、気持ちいい。あうぅぅぅ……」

まるで、地の底から湧き出てきたような低い声をあげる。

（何ていやらしい……）

体の底を掻き毟《むし》られるような喘ぎに、高野も一気に追い込まれた。

男が無言で打ち込み、女が甲高《かんだか》く喘いだ。

「あんっ、あんっ、あんっ……イクぅ。死ぬ、死んじゃう！」

「そうら、死ね！」

男が反動をつけた一撃を叩きつけたとき、

「イクぅ……くっ！」

女が顎をいっぱいに突きあげて、痙攣《けいれん》しだした。

男が女のなかに精液を放つのを目にしながら、高野もしぶかせていた。

これまで味わったことのない、魂までもが抜け出していくような芳烈な射精感であった。

だが、出してしまうと、急に自分のしていることが恥ずかしいことに思えてきて、高野は逃げるように納屋の前を離れた。

3

翌朝、高野は旅館で早めの朝食を摂《と》り、準備をととのえて森に向かった。

バッグのひとつには水筒と昼食用のおにぎりが、もうひとつには組立式の捕虫網と蝶を捕らえたときに傷《いた》まないようにするためのパラフィン紙などの捕虫セットが入っている。

ところどころに、もくもくとした綿菓子のような雲を浮かべた青空が豊かな表情を見せてくれる。

蝶が飛ぶのをさまたげる要素はひとつもない。ほんとうにここにあの幻の蝶がいるとしたら、目にすることのできる確率は高い。

期待を胸に、地図とコンパスを頼りに、幻の蝶が出たという場所に向かって渓谷沿いを歩いていく。

途中で休憩を取り、水分を補給する。

標高があるところに棲息するセミが透明感のある鳴き声を響かせ、そこに、渓流のせせらぎの音が混ざっている。

谷川の表面に光が乱反射する様子が、目に眩《まぶ》しい。

大自然のなかにいると、世間のことは忘れてしまう。

仕事関係などは脳裏からきれいに消え去っている。ただ、昨夜目にした観光案内所の女と逞しい男との獣のようなまぐわいだけは、時々、脳裏をよぎる。

それほど、強烈だったということだろう。

腑《ふ》に落ちないのは、旅館には関係なさそうな二人がなぜあの納屋を使っていたか、ということだ。

（何もわざわざ……こんな田舎なんだから、外でやるにしても、いっぱい場所はあるだろうに）

そんなことを考えている自分に気づき、叱責する。今は、蝶の採集に集中することだ。

のぼってくる間も、もちろん、今も周囲を飛ぶ蝶には気を配っている。

高校生のときから蝶に夢中になり、もう三十年、蝶を捕りつづけている。そのせいか、無意識のうちに周囲の蝶の種類を見極めてしまっている。

やはり、このへんには山間に棲息するヒョウモンチョウが多く見られる。だが、時々、色鮮やかなキアゲハやミヤマカラスアゲハ、ブルーの模様を持つルリタテハなどが飛んでいる。

幻の蝶と見られるものは、色、模様から推《お》して、ブルーの光沢を持つミヤマカラスアゲハか、国蝶オオムラサキか、ルリタテハの変種の可能性が高い。

（いるんじゃないか……）

高野は立ちあがって、また、渓谷沿いにのぼっていく。

（この辺のはずだが……）

高野は立ち止まって、捕虫網を組み立てる。どんどん継ぎ足していくと、長さ五メートルの捕虫網ができあがった。

この長さだと取り扱いが難しい。木の枝に引っ掛からないように注意して歩いていくと、はるか前方を青い鳥のようなものがスーッと滑空していった。

（えっ……！）

それは、キプリスモルフォ蝶に似たコバルトブルーの鱗粉《りんぷん》を光らせて、あっと言う間に森のなかに消えていった。

（いた、いたんだ！）

体が震え出した。

同時に、高野は蝶が飛んでいった方角へと走り出していた。

（いた、いた、ほんとうにいたぞ！）

心臓がすごい勢いで血液を送り出しているのに、高野は逆に青ざめていた。

一目見ただけだが、翅の全長が優に二十五センチは超えていた。

大きさからいってすごい。あんな巨大な蝶は日本では見たことがないし、棲息しないはずだ。そして、翅の裏には、大きな赤い目玉が二つ、こちらをにらんでいた。

（蛾じゃないよな）

蛾のなかには、あのくらいに巨大で目玉模様を持ったものがいる。だが、色も飛び方も明らかに蝶である。

（もしかして、大発見をしたんじゃないか）

高野は夢中で、蝶が消えていった森に入り、方角だけを頼りに山道を走った。息が切れてきた。

そのとき、急に視界がひろがった。森が途絶えて、一面に緑の平原があった。

何の植物だろう。緑の葉っぱを繁らせた背の高い植物が群生しており、そこに、さっき見た蝶が数匹、止まっていた。

（おおぅ、確かにいるじゃないか！　やはり、幻ではなかったんだ）

呆然《ぼうぜん》として、その光景に見とれた。

大きな翅を閉じて止まっているから、明らかに蝶である。蛾は翅をひろげたまま止まる。

微妙に色合いと大きさが違うのは、オスとメスがいるからだ。

やや小型で色がくすんでいるほう、つまり、メスが植物に止まって腹を葉っぱの裏側へと潜り込ませている。

（そうか……卵を産みつけているんだな。ということは、この植物が食草か）

卵から孵化《ふか》した幼虫はサナギになるまで、ある特定の植物を食する。だから成虫は卵を必ずその食草に産みつける。

(すごい、発見だぞ!)

たとえ成虫を捕らえることができなくとも、食草とそこに産みつけられた卵を持って帰り、成虫に育てれば、完璧な蝶を手に入れることができる。

そんな油断もあったのか、高野は蝶を捕らえるという目的も忘れて、その幻想的な美しさに見とれてしまった。

と、そのとき、人の話し声がした。

ハッとして見ると、逆方向から、二人のスーツ姿の男が歩いてくる。

人の気配を感じたのか、数匹の蝶が飛び立った。優雅とは言い難い尋常でない速さで、瞬《まばた》きをする間に、森のなかに消えた。

(ちっ……!)

高野は舌打ちをして、間の悪い男たちを見た。

白のスーツに身を固めた二人の男が、高野を見た。背の高いほうの男が、

「なんだ、オッサン? こんなところで何をしている?」

人を見くだしたような物言いをした。

アッと思った。昨夜、案内所の女と旅館の納屋でセックスしていた男だった。

「それ、蝶を捕まえるための網だろ? 蝶を捕まえにきたのか?」

背の低い、格下らしい若い男が高野を三白眼《さんぱくがん》で見た。

「えっ……いや……まあ」

事実を明らかにして、新種の蝶の横取りをされたら困るので、曖昧《あいまい》に答える。

長身で頰の削げた男が、言った。

「蝶を捕まえるなら、他の場所でやってくれ。ここは私有地だ。うちの庭みたいなもんだ。したがって、あんたは不法侵入になる」

服装や態度から推して、この土地の所有者の用心棒か、あるいは、組関係の男たちだろう。いずれにしろ、深く関わらないほうが身のためだ。

「それは大変失礼いたしました。ここが、私有地だとは知らなかったので……つかぬことをお訊きしますが、ここに群生している、これは何という植物なんでしょうか？」

「そんなこと訊いて、どうするんだ？」

長身の男が鋭い目を向けてくる。

「は、いや……さっきここに止まっていた蝶の食草だと考えられますので、一応名前だけは知っておきたいと思いまして。もちろん、もしご存じなら、ですが」

「この土地の者なら、みんな知っている。ムラノオオクサだ……もう、いいだろう。行きな。もう一度言う。ここにはもう二度と足を踏み入れるな。次は警察に突き出すからな」

「わかりました。もう、来ません。すみませんでした」

高野は踵《きびす》を返して、群生するムラノオオクサに背を向けた。

内心驚いていた。ムラノオオクサは確か、昨日、旅館の夕食に天ぷらとして出された。とても美味しかったのだが、衣がついていて形が明確にわからなかったので、まさか、これがあのムラノオオクサだとは思わなかった。

人が食べて美味しいと思うのだから、蝶の食草になったとしても不思議ではない。

高野は森のなかに入っていき、木々の陰に隠れて、二人を見守った。

多少の危険を冒《おか》しても、ムラノオオクサと新種の蝶の卵が欲しかった。コレクターは多少のリスクは覚悟で無理をするものだ。そうでなければ、新しい発見などできない。

身を潜めていると、想像どおり、男たちが遠ざかっていった。

このくそ暑いのにスーツ姿では、そうそう長く外にはいられないと踏んでいた。おそらく見回りを終えたのだろう。

高野はしばらくそのまま、さっきの蝶が戻ってくるのを待った。

待ちながら、頭のなかではあの蝶の名前を考えていた。新種の蝶を発見した場合、その名前をつけるのは発見者の特権だからだ。

（当然、自分の名前は入れ込むとして、モルフォ蝶に似ているから……『ネオタカノモルフォ』というのはどうだろう）

だが、待てども、ネオタカノモルフォは姿を現さない。

このままでは、またさっきの男たちがやってくる可能性がある。

（仕方がない。今のうちに、ムラノオオクサと卵を……）

高野は森を出て、体を屈め、背の高いムラノオオクサに身を隠し、オオクサの葉を次から次と見ていく。

さっきメスが止まっていた辺りをさがすと……あった。

ギザギサの葉の裏に、楕円形の半透明の白い卵が三つ、産みつけてあった。

高野は食草を採取すると、卵を落とさないように慎重に扱って、丁寧に包み込んでバッグに入れた。

このまま走りまわっては、せっかくの卵を傷めてしまいかねない。

今日はこれで充分だ。高野は来た道を戻りはじめた。

4

その夜、高野は『山際館』の食堂で、夕食を摂っていた。

ひとつ離れたテーブルでは、ふわっとしたノースリーブのワンピースを着て、もうひとりの宿泊客である井草日登美が黙々と箸《はし》を使っている。

この旅館では、女将自らができた食事をテーブルに運んでくる。食事は香里と二人で作るらしく、今、キッチンでは香里が料理の腕を奮っているのだろう。

美鈴がおひたしを運んできた。

「おっ、ムラノオオクサですね」

高野は思わず声をあげていた。

「はい、覚えられましたね」

「ええ、完全に」

昼間にここに帰ってきたとき、新種の蝶の食草と卵です、とムラノオオクサの葉っぱの裏の卵を見せたところ、美鈴が微妙な表情を浮かべたことを思い出した。あの表情の意味するところは何なのか、気にはなっていたが、とくに問うようなことではないのかもしれない。

「これ、ほんとうに癖になりますね。ここにもう一週間いるんですけど、すっかりファンになって……今ではこれが出ないと何か物足りない気がするんですよ」

日登美が言葉を挟んできた。

日登美は二十九歳の元ＯＬで、以前勤めていた商事会社を上司のパワハラで退職し、英気を養うために、ここに滞在しているのだと、昨夜、聞いていた。

そんな境遇を知ったせいだろうか、中肉中背の美人だが、ちょっと薄幸な印象を感じてしまう。

だが、セミロングの髪はさらさらで黒光りしているし、肌も艶々《つやつや》だ。肌艶がいいのは、女将も香里もそうである。

日登美の目尻の切れあがった、いつも濡れているような目が、時々きらっと光るときがあって、高野は内心ドキッとさせられていた。

おそらく、ここを訪れたときは落ち込んでいたのだろう。だが、この一週間で彼女はすでに心身ともに回復しているようにも見える。

「高野さん、幻の蝶をおさがしだとうかがったんですが、成果はいかがでしたか？」

日登美が濡れたような瞳を向けてくる。

「えっ、まあ……まだまだですよ」

高野は美鈴の顔を見ながら、曖昧な答えをする。

最近はインターネットやケータイが発達しているから、思わず漏らした情報があっと言う間にひろがってしまう。だから、警戒するに越したことはない。

「やっぱり、蝶の採集のときにはおひとりで来られるんですね」

「そのほうが身軽ですから……それに、一緒に来る人もいませんから」

「だいぶ前に離婚しまして、四十五歳にして独り身ですよ。だから、蝶にも夢中になっていられるんです。気楽なものですよ」

「……そうですか」

日登美は神妙な顔をして、ムラノオオクサのおひたしを口にして、

「やっぱり、美味しいわ」

と、舌鼓《したつづみ》を打つ。

「明朝も、朝食は今日と同じ時間でよろしいですか？」

美鈴が優雅な和服姿で訊いてくる。

切れ長だが、大きな二重《ふたえ》の目が自分に向けられると、高野はドギマギしてしまう。

それは、日登美や香里に対するものとは違っていて、まるで、少年のように胸がときめいてしまうのだ。

「はい、そうしてください。おにぎりも大変助かりました」

「では、明日も握りますね」

「ああ、そんなつもりで言ったんじゃ……」

「いいんですよ」

美鈴が微笑むと、口尻がすっと切れあがって、とても聡明でかつチャーミングに感

じてしまう。

時間をかけて夕食を平らげた高野は、

「ご馳走様でした。大変美味しかったです」

席を立って、部屋に向かった。


旅館の温泉につかり疲れを取った高野が、そろそろ寝ようと布団に入り、目を瞑っていると、ドアをノックする小さな音が聞こえた。

「はい……」

誰だろう？　布団から出て、入口の引き戸を開けると、浴衣姿の日登美が立っていた。

「あの……ちょっとだけお話をしたいんですが、よろしいでしょうか？」

「ええ、どうぞ」

明日も朝が早いことはわかっているはずだが、まだ午後九時だから、遊びにきたのだろう。同じ旅館に泊まっている客として、お近づきになりたいという気持ちもわかる。

天井の蛍光灯を点けて、日登美を招き入れた。

畳には布団が敷いてあるので、広縁の籐椅子に座ってもらう。その対面の籐椅子に

高野も腰をおろした。カーテンを開けようとすると、

「このままで、けっこうですから」

と、日登美がそれを止めた。

美人だが神経質そうなところのある顔を見るとはなしに眺めていると、日登美が話し出した。

「蝶ってよく見ると、お腹のところとか太くて、ちょっとグロテスクですよね。翅はあんなに美しいのに」

「よくお気づきになってる。もとはあの異様な芋虫《いもむし》ですから。あんなに醜《みにく》いものがサナギになって羽化すると、美を体現する。そのギャップがいいんですよ」

「ギャップに男の人は惹《ひ》かれますよね。たとえば、普段は大人しそうな女性がいざとなると、すごく淫乱になるとか……」

そう言って、日登美は右足をゆっくりとあげて、肘掛けにかけた。

(えっ……?)

愕然としながらも、高野の視線は下半身に吸い寄せられる。

白地に竹の模様の入った浴衣の前がはだけて、仄白い太腿がかなり上まであらわになっている。

そして日登美は、高野の視線を確認するようにじっとこちらを見つめている。

細くなった目がまるで欲望を見透かしでもするように、ぴたりと高野に向けられている。

日登美の右手がすっとおりて、浴衣の前を完全にはだけ、そのまま下腹部の翳《かげ》りへと伸びた。

そこで、日登美は足をもっと開いて、下腹部をせりだすようにしながら、割れ目を指でぐいとひろげるではないか。

(おおぅっ……!)

ぬっと現れた赤いぬめりに、目が釘付けになった。

日登美がなぜこんなことをするのか、という疑問はあった。だが、それ以上に目の前の淫らな光景が、高野の理性を奪っていった。

「驚かれたでしょ?　でも、わたし、もうどうにも止まらない。男が欲しくてたまらないのよ」

潤んだ瞳を向けながら、日登美は左手を浴衣の襟《えり》元にすべり込ませて、乳房を揉みしだいた。

浴衣の胸を手の甲の形に盛りあがらせ、下腹部をぐいぐいとせりだしながら、赤い濡れ溝を指でなぞっている。

「ああ、恥ずかしい……わたし、こんな女じゃないのよ。でも、ダメなの。高野さん、助けて。あなたが欲しい……うあっ……」

日登美が顎を突きあげた。

見ると、右手の指が翳りの底に埋まっていた。膣肉に指を抜き差ししながら、浴衣の襟元をはだけ、あらわになった乳房を揉みしだき、

「ぁあああ……助けて。どうにかなりそう」

日登美は哀願するような目を向けてくる。

その頃には、高野の下腹部もいきりたっていて、目の前で繰り広げられる痴態に煽《あお》られるように、浴衣を割って勃起を握りしめていた。

きゅっ、きゅっとしごいた。

「ぁああ、高野さん。こちらに来て……しゃぶりたいの。その見えているものを咥《くわ》えたいのよ」

訴えながら、日登美はますます強く膣肉を掻きむしり、乳首をこねている。

これまでの人生で、これほど大胆に誘惑されたことはない。どこかおかしいと思いつつも、高野はうねりあがる欲望に引きずられた。

立ちあがって、日登美の前まで歩き、見せつけるように肉棹をしごいた。

すると、日登美が上体を屈めて、顔を寄せてきた。

亀頭部の割れ目にちろちろと舌を走らせていたが、やがて、我慢できないとでもい

うように奥まで咥え込んできた。

両手で腰を引き寄せ、口だけでずりゅっ、ずりゅっとしごいてくる。

（おおぅぅ……たまらない！）

柔らかくまったりとした唇が等速で勃起の表面を行き来する。日登美は口が比較的小さいせいか、適度な締めつけ感があって、それだけで、甘い疼《うず》きが湧きあがってくる。そして、何よりも情熱的だ。

ここに来て一週間が経過して、傷心が癒され、身体にも女の欲望が溜まってきたのに違いない。さもなければ、こんなに激しく、気持ちをぶつけたようなフェラチオはできない。

高野もたまにソープに行くくらいで、最近は女体にはほとんど接していない。

四十五歳にして枯れてしまったかと思っていたのだが、そうではなかった。

女性のなかにいきりたっているものを思い切りぶち込んで、よがらせ、射精したいというオス本来の情熱がうねりあがってきた。

旅は道連れと言うではないか。旅の宿でのいわば行きずりのセックスだからこそ、しがらみもなく、こんなに昂奮するのかもしれない。

日登美はまるで獣が肉を食い千切《ちぎ》るときのように顔をS字にグラインドさせ、肉棹に強い刺激を与えてくる。

ジュルルッといやらしい唾音《つばおと》を立てて啜《すす》りあげ、すぽんと吐き出す。

今度は肉茎の根元を握ってしごきながら、先端の割れ目を舐《な》め、さらに、亀頭冠の真裏にも舌をぶつけてくる。

「ああぁぁぁ」

と、喘ぎを洩《も》らしながら、裏筋を舐めおろし、舐めあげ、また頬張った。

手指とリズムを合わせて、亀頭冠を中心に唇を素早くスライドさせる。

「おぉぅ……日登美さん。待ってくれ」

射精しそうになって、あわてて口の動きを止めさせた。

「ねえ、これが欲しいの。今すぐ入れて欲しい」

日登美が肉棹を強く擦りながら、見あげてくる。

眉をハの字に折り曲げて、哀訴してくる日登美は、どこから見ても女の欲望にとらわれた一匹のメスだった。

日登美を立たせて、後ろ向きに肘掛けにつかまらせた。

腰を引き寄せて、浴衣をまくりあげると、むちむちっとした豊臀《ほうでん》がこぼれでる。

尻たぶの底で息づく女の花弁は、もうクンニの必要がないほどにそぼ濡れ、男を求めてあさましく花開いていた。

「いいんだね？」

「ええ……欲しい。たまらないの……」

籐椅子につかまって腰を突き出した日登美は、たっぷりとした肉をたたえた尻たぶをせがむようにくねらせる。

猛《たけ》りたつものをつかんで狙いをつけ、埋め込んでいく。

最近なかった角度で硬化した肉柱が、女のとば口を少しずつ切り開き、途中まで進むと、あとは一気に吸い込まれていった。

「あああぁ……いい！」

日登美が顔を撥《は》ねあげた。

高野も唸って、歯を食いしばっていた。

煮詰めたトマトのように熱く滾ったどろどろの肉路が、ざわめきながら侵入者を包み込んでくる。

（ああ、これだった……）

ひさしぶりに味わう女の体内だった。

まだ挿入しただけなのに、蕩《とろ》けた粘膜が蠕動《ぜんどう》するように波打って、きゅ、きゅっと締まってくる。

（おぉう、気持ち良すぎる……）

高野がこれまで味わった膣肉とは桁違いに、もたらされる快感が大きい。これも、旅の宿で行きずりのセックスをしているからだろうか？

「ああ、ねえ……」

日登美が抽送《ちゆうそう》を待ちきれないとでもいうように、腰をくなっとよじった。

「日登美さんは見た目と違って、随分とエッチなんだね」

言わなくともいいことを口にしていた。

「いつもはこんなじゃないのよ。きっと、ここの空気がこうさせるんだわ。ここって、すごく淫らな空気が流れてる。感じませんか？」

「……確かに。そう言われるとそうだ」

日登美が言うように、この土地に足を踏み入れてから、どことなく下半身が疼いているような気がする。

「あなたのような方がいざとなるとエッチになるのは、嫌いじゃありませんよ」

「ふふ、芋虫と蝶のギャップがいいとおっしゃってましたものね」

「そうです。そのとおり」

「ああ、ねえ、ねえ……貫いて。奥まで貫いて」

高野は誘われるように腰をつかう。

尻をつかみ寄せて、ゆったりと打ち込むと、尻の弾力とともに膣肉の収縮を感じて、喜悦がじわじわとひろがる。

「あっ、あっ、あっ……」

打ち据えるたびに全身を前後に揺らして、日登美は低いが心から感じている声をあげる。

少しずつ打ち込みのピッチをあげ、強いストロークに切り変えた。

「うっ、うっ……ぁああ、たまらない。ズンズンくる。内臓まで届いてる……ああ、立っていられない。高野さん、立っていられないわ」

「では、布団に行きましょう。このまま、押していきますよ」

高野は後ろからつながったまま、日登美を椅子から離して、布団が敷かれてある和室へと押していく。日登美はよちよち歩きで、身体を腰から折り曲げて、前へ前へと進んでいった。

5

布団に這《は》わせると、日登美は前に突っ伏して、腹這いになった。

高野は腕立て伏せの形で、尻たぶの中心めがけて打ちおろす。

ぶわわんとした尻が押し返してくるその弾力がこたえられない。日登美が尻だけをせりあげるので、勃起が深いところに届くのがわかる。

「あぁあ……ぁああ……気持ちいい。高野さん、気持ちがいい」

日登美が喘ぐ。

まだ会って間もない女性と身体を合わせている。そのことに、とまどいがないと言えば嘘になる。だが、何者かに操られているように、性への渇望が止まらない。

しばらくその姿勢で突いて、離れると、日登美が上になりたいと言う。

日登美が浴衣を肩から落とす間に、高野も裸になって、布団に仰向けに寝た。

一糸まとわぬ姿になった日登美は、適度に肉がつき、女のやさしさとたわわさを併せ持っていた。

何と言っても目を惹くのは乳房で、大きいのにきれいなお椀形をしていて、青い静脈が薄く張りつめた乳肌から透け出している。そして、中心の突起はピンクがかったセピア色でツンとせりだしていた。

日登美はしゃがんで、下腹部のものを口に含んで唾液で濡らした。

それが完全勃起すると、腰にまたがってきた。

いきりたつものを右手でつかんで導き、慎重に腰を沈めてくる。切っ先がぬらつくとば口を押し広げ、一気に奥までめり込んで、

「うあぁぁ……」

日登美は上体を真っ直ぐに立てて、顔をのけぞらせた。

腰を落としきり、根元までおさめた肉棹をしばらく味わってから、ゆっくりと腰を前後に振りはじめた。

「ぁああ、わかるの。あなたのがはっきりとわかる。ぐりぐり擦ってくる」

日登美は前後に手をついて、腰から下をくいっ、くいっと鋭角に打ち振った。

いきりたちが狭隘《きょうあい》な肉の孔《あな》にとらえられ、揉みくちゃにされ、根元からもぎとられそうだ。

「ああ、止まらないの。恥ずかしい。腰が勝手に動く」

次に、日登美は後ろに手をついて、のけぞった。

膝をあげてＭ字に開き、体重を後ろにかけて、腰をしゃくりあげる。

ものすごい光景だった。

腰が肉棹の反りに逆行するように動いて、翳りの底から蜜まみれの肉柱が姿を現し、毛を生やした赤貝に吸い込まれていく。

女の本能をあからさまにした腰の動きに、高野は見とれた。

「ああぁ、ぁあぁぁ……」

喘ぎを長く伸ばして、日登美は何かに憑《つ》かれたように腰を大きく打ち振る。

肉棹を自らの膣肉に擦りつけるような卑猥な所作が、高野を性の高みへと押しあげる。

「気持ちいいんだね？」

「ええ、あたってるの。いいところに、あなたのおチンチンがあたってるの。たまらない。たまらない……ぁあああ、連れ去られていく。どこかへ連れていかれるぅ」

そう口走りながらも、日登美はいっそう強く腰を振って、ぬるぬるの入口を擦りつけてくる。

それから、日登美はまた上体を立てた。やや前屈みになりながら、腰を持ちあげた。尻があがるにつれて、肉棹が姿を現す。

ぎりぎりまで引きあげられた腰が、ストンと落ちる。

ふたたび腰がゆっくりとあがり、肉茎の全貌があらわになると、そこから、今度はゆっくりと降りてくる。スクワットでもするように腰を上げ下げするにつれて、蜜まみれのシンボルが見え隠れする。

(何ていやらしい！)

昂奮が坩堝《るつぼ》のなかで燃え盛っている。

そして、日登美はいっこうに疲れを見せずに、ジュブッ、ジュブッと粘着音とともに腰を打ちおろしてくる。

よほど持て余していたらしい。そうでなければ、これほど貪るような腰づかいはできないだろう。

高野は、尻が落ちてくる瞬間を見計らって、ぐいっと突きあげてやる。切っ先が子宮口にめり込んで、

「うあっ……」

日登美が顔をのけぞらせる。

つづけざまに打ちあげると、日登美は腰の上で踊るようにして、もっと欲しいとばかりに腰を前後左右に揺すりあげる。形のいい豊乳がそのたびに上下に振れて、そのたわわな揺れがひどくいやらしい。

「あっ、あっ、あん、あん、あん……」

日登美はここが旅館の一室であることもすでに頭から消えているのか、甲高い喘ぎをスタッカートさせた。

高野が歯を食いしばりながら、いっそう強く突きあげると、

「あっ……！」

日登美は脱力して、前に突っ伏してきた。

がくがくっと痙攣している。

すでに気を遣《や》ったのかもしれない。だがしばらくすると、また腰が揺れはじめた。

自らキスをねだってきて、唇を合わせ、舌をからませてくる。豊潤な唾液とともによく動く舌で、高野の口腔をまさぐりながら、腰を微妙にくねらせる。

ちょっと影のある清楚な女である。その女がひどく淫蕩《いんとう》なことをして、男をとことん貪ろうとする。

唇を離して、たらっとした唾液の糸を引かせながら、

「ぁあぁぁ、ぁあぁぁ……たまらない。おかしいの。おかしいのよ」

腰を徐々に大きく振る。

ネチャ、グチョと淫靡《いんび》な音が立ち、陰毛が擦れ、蜜が滴《したた》り落ちる。

高野は背中と腰を抱えて、下から腰を突きあげてやる。

いきりたつ肉棹が斜め上方に向かって、体内を擦りあげ、

「あっ、あっ……あんっ、あんっ、あんっ……すごい、すごい」

首から上をのけぞらせて、日登美は歓喜の声を放つ。

「ぁああ、ぁああ……イク、また、イキそう」

「いいんだよ。何度でもイッて……」

下から連続して擦りあげてやると、

「あ、あ、あっ……イク、恥ずかしい……また、また、イッちゃう！」

「そうら、イキなさい」

のけぞる顔が逼迫《ひっぱく》してくるのを観察しながら、つづけざまに深いところに届かせると、

「イクぅ……はうっ！」

日登美はのけぞりかえって、がくん、がくんと震えた。

気を遣ったのだろう、臥《ふ》せってきて、微塵《みじん》も動かなくなった。

高野の左腕に日登美は頭を載せて、肩に顔を埋めている。

静かな息づかいを感じながら、高野はひさしぶりに女体に触れた悦びにひたってい
た。

「恥ずかしいわ、こんなになって……わたし、随分と大きな声を出していたような気
がする。聞かれなかったかしら？」

日登美が胸板をさすってくる。

「どうだろう？　女将と香里さんは離れに住んでいるらしいけど、まだこの時間だか
ら、もしかして、階下にいたかもしれない」

「ああ、どうしよう……声を聞かれたら、恥ずかしいわ」

高野はしばらく髪を撫でてから、訊いた。

「日登美さんはいつまでここに滞在するの？」

「気になります？」

「……ああ」

「はっきりとは決めてないんですよ。でも、そろそろ再就職の口をさがさなきゃいけないし……あと数日ですかね」

「そうか」

「高野さんは？」

「一週間の予定かな。蝶を採集できた場合は早めに帰るかもしれない。新種の蝶の場合は、いろいろとやることあるからね」

「すごいことですね。新種の蝶の発見なんて、そう何人もができることじゃないでしょ？」

「ああ、選ばれた人間にしか出来ない」

「高野さんも選ばれるといいですね」

高野は透明なケースに入れてあるムラノオオクサとその葉っぱの裏についている卵に、ちらっと目をやる。

「わたし、なんかおかしいんですよ、ここに来てから……下半身が火照っていて、あそこがいつも濡れているの」

「……………」

「今だって、もうしたくなってる」

そう言って、日登美は右手をおろしていく。下腹部で寝転んでいる芋虫のような肉茎を握って、ゆるゆると擦る。そうしながら、胸板にちゅっ、ちゅっとキスをする。

顔をあげて訊いてきた。

「もう、いやですか？」

「いや、したいよ」

「ふふっ、よかった。女が積極的すぎると、男の人って退《ひ》くでしょ？」

「相手によるんじゃないか。あなたみたいな女性なら大歓迎だ」

「高野さんって意外と女扱いが上手いのね」

「そうじゃない。ただ、正直なだけだよ」

微笑んで、日登美はキスをおろしていく。

胸板から脇腹に移って、脇腹をスーッと舐めあげてくる。

「うっ……」

寒気が走るような感触に思わず呻《うめ》くと、日登美が顔をあげて訊いた。

「気持ちいいですか？」

「ああ……ぞくっとしたよ」

日登美は高野の腕をあげさせて、繁茂《はんも》した腋毛《わきげ》に顔を埋めてきた。匂いを嗅ぐので、

「おい、そこはいいよ」

「いい匂いがする。獣染みていて、メスの部分をくすぐってくる」

うっとりと言って、日登美は腋毛の上から腋窩《えきか》に舌を走らせる。くすぐったいのだが、女に汚いところを舐めてもらっているという優越感のようなものがあって、それが快感につながる。

それから、日登美は舌を脇腹から下腹部へとおろしていった。

すでに頭をもたげはじめている肉棹を握って、亀頭部についばむようなキスを浴びせた。尿道口を指でひろげて、割れ目に唾液を垂らし、丸めた舌先を窪《くぼ》みに押し込むようにちろちろとくすぐってくる。

「おおぅ、それ……」

内臓をじかに舐められているような峻烈な快感に、高野は思わず呻き、足を突っ張らせた。

日登美は自分の愛撫がもたらした効果を推し量るような目で見あげ、それから、肉棹に盛んに舌を走らせる。自分の蜜が付着しているのを厭《いと》わず、丹念に蜜を舐め取り、代わりに唾液をまぶしていく。

その間ももう一方の手で、太腿を撫でたり、皺袋《しわぶくろ》を持ちあげてやわやわと揉む。

男の体を愛撫することが好きなのだと感じた。

日登美は高野の膝裏をつかんで持ちあげて、言った。

「ご自分で、持っていてください。この格好で」

高野は言われたように自分の膝をつかんで、開いた形で自分に引き寄せた。すごく恥ずかしい。

まるで、赤ちゃんがオシメを替えられるときのポーズである。

日登美は剝《む》き出しになった皺袋を丹念に舐め、そのまま、肛門につづく蟻《あり》の門渡《とわた》りに舌を走らせる。ちろちろと横揺れさせたり、甘噛《あまが》みするように敏感な縫目に刺激を与えてくる。その間も右手で握りしめた肉棹をしごいてくれる。

これまでのセックスライフで、こんなことをされたのは初めてだった。

日登美の舌が肛門に触れたときは、さすがに驚いた。

「あっ、ちょっと、いいよ、そこは」

「好きでしてるんだから、遠慮はしなくていいです。ああん、美味しいわ。高野さんのここ」

肛門周辺をくるくると舌が回転した。それから、窄《すぼ》まりの中心をこじ開けるように舌先が潜り込んでくる。

「うっ……いいよ」

思わず腰をよじって、舌を避けていた。

「よし、今度はこっちが責める番だ」

体を起こし、残念そうな顔をする日登美を、布団に這わせた。

自分に向かって突き出された尻は満月のように丸々としていて、双臀の底に女の証《あかし》がぱっくりと口を開いていた。

大陰唇と小陰唇の狭間《はざま》にはやわやわとした恥毛が生え、こぶりの亀裂が鮮やかなサーモンピンクの粘膜をのぞかせている。

そして、幾重にも入り組んだ肉襞《にくひだ》の奥から、透明な蜜があふれでて、それが全体をぬめ光らせていた。

「ああ、欲しい、ちょうだい。そのカチカチのものをください。入れて、ここに。日登美のいやらしい孔に」

そう言って、日登美は両手を腹のほうから潜らせ、陰唇に添えてぐいとひろげる。

その姿は、まさに展翅された赤い蝶のようだ。

日登美はもどかしいとでも言いたげに、尻をくなっ、くなっと横揺れさせ、後ろに突き出してくる。

内部の赤みが淫らな蜜で表面をコーティングされて、きらきらと光っていた。

(いやらしい。いやらしすぎる！)

男を惹きつけてやまない女の苑《その》に魅了され、硬化したイチモツを一気に突き入れた。

亀頭部が狭いとば口を割って押し入り、

「くっ……！」

日登美はシーツを鷲づかんで、顔を撥ねあげた。

先ほど日登美は気を遣ったが、高野は射精していない。だから、まだまだ勢いは衰えていない。

日登美は身体が火照ってしょうがないと言っていたが、確かに、膣の体温は高いような気がする。だが、ここは温かいほうが、男は気持ちいいものらしい。

腰をつかみ寄せて、バスッ、バスッと力強く打ち込んだ。

「あん、あん、あんっ……」

日登美は喘ぎをスタッカートさせる。

「シーッ！」

と、声を小さくするように暗に伝える。

「ああ、ゴメンなさい」

そう言うものの、高野が打ちつけると、こらえきれないのか、

「うっ……うぐ……あっ、あっ、あうぅぅぅぅ」

最後はあからさまな声を放つ。

美鈴と香里が階下にいたら、完全に聞こえてしまう。それは避けたい。

そばにあった旅館の手拭《てぬぐ》いを渡して、猿ぐつわ代わりに嚙むように言う。

日登美が後ろで縛《しば》ってほしいと言うので、手拭いをまわして後ろに持ってきて、き

ゅっと結んだ。

旅館のロゴの入った日本手拭いで口枷《くちかせ》をされる形になって、日登美は後ろから突くたびに「うっ、うっ」と低いくぐもった声をこもらせる。

高野も昂奮してきた。射精するときは、その顔を見て出したい。いったん接合を外して、日登美を仰向けにさせる。膝をすくいあげて、三度押し入った。

「うっ……うっ……」

上から打ち込むと、日登美は声をくぐもらせて、今にも泣き出さんばかりに眉をハの字に折り曲げる。

口許《くちもと》を手拭いが割り、真一文字に横に走っていて、ひどくそそられる。目が強調されて、潤みきった瞳が哀切な表情をたたえていた。泣いているんじゃないかと思うくらいに膜がかかった瞳が、ぎゅっと閉じられたり、反対にカッと見開かれたりする。

上から手を伸ばして、豊かな乳房を揉みしだいた。

頂上の突起をくにくにとこね、引っ張る。持ちあげた状態で左右に転がす。

すると、日登美は自ら腰を振って、「欲しい」とでも言いたげに高野を見あげてきた。その表情が、高野をいよいよ高みへと追い詰める。

両足を持ちあげるようにして、上から大きく打ちおろした。

ジュブッ、ジュブッと音を立ててシンボルが女の壺に突き刺さり、深いところをうがち、

「ぐっ……ぐっ……あおおぉぉ」

と、日登美が逼迫した呻きを噴きあげた。

もしまだ二人が旅館にいるなら、振動や物音でわかってしまうかもしれない。だがここまでくると、もうやめられなかった。

「日登美さん、イクぞ。出すぞ」

吼《ほ》えながら腰を打ちおろした。日登美は何度もうなずいて、それから、これ以上は無理というところまで顎をせりあげる。

打ち据えるたびに、豊かな乳房が激しく波打ち、くぐもった呻きがますます差し迫ったものになってきた。

「あおおぉぉ……イグ」

「そうら、イケ。出すぞ」

たてつづけに深いところに打ち込んだとき、

「うぐっ……！」

日登美が首から上をいっぱいにのけぞらせた。

それを見て、駄目押しの一撃を叩き込んだ瞬間、高野にも至福が訪れた。脳髄までも蕩けていくような強烈な射精感が、下腹部を走り、尻が勝手に痙攣している。

そして、日登美も高野の腕にしがみつきながら、がくん、がくんと震えていた。

すべてを出し尽くして、高野はごろんと隣に横になる。

天井板の節目がヒョウモンチョウの目に似た模様に見えて、目を閉じる。

すると、今日見た新種の蝶が青空を背景に飛び去っていく姿が、頭のスクリーンによみがえってきた。

第二章　夜の森で淫らに

1

翌日、高野は村役場にいた。

今日こそはあの蝶を捕まえて、と張り切って朝起きたのだが、雨が降っていた。

雨降りでは、蝶は飛ばない。今日の採集は諦めるしかないとがっかりしているところに、村長から呼び出しがかかったのである。

(自分に、何の用だろう?)

不安を胸に、香里の運転する車で村役場までやってきた。

二階建てのこぢんまりとした、一昔前の木造校舎を小さくしたような役場が、農業協同組合や森林管理組合の建物とともに村の中心地に建っていた。

用件はすぐに終わると聞いていたので香里に待ってもらい、役場に入っていく。

若い女性職員に案内されて、二階の村長室に通された。

「すみませんね、お忙しいところを……村長の斎藤和義《さいとうかずよし》と申します」

机の前に座っていた痩せて小柄な男が立ちあがって、高野に名刺を渡し、応接ソファを勧めた。

六十歳は過ぎているだろう、抜け目のなさそうな顔をしているが、目にはどことなく愛嬌がただよい、この男が人望を得て、村の長を務めている理由がわかる気がした。

「高野英章と言います。東京で区役所に勤めております」

簡単に自己紹介すると、

「ほう、同業ですな」

斎藤が微笑んだ。

「いえいえ、村長と住民課の課長とでは格が違います」

「長と言っても、人口が千人にも満たない小さな村の長ですから。どうぞ、どうぞ、お座りください」

高野がソファに座ると、斎藤もひとり用のソファに腰をおろした。

そこに、ノックの音とともに役場に勤めている女性職員がやってきた。炭酸飲料の入ったコップを二つ、テーブルに置く。

二十五歳くらいだろうか、野暮《やぼ》ったいスカートにシンプルな半袖《はんそで》のブラウスという何の変哲もない格好なのに、なぜか、彼女に惹きつけられてしまう。

女性が去っていくと、斎藤が口を開いた。

「雨降りで、高野さんが旅館にいらっしゃるとうかがったので、無理を言って来ていただきました。新種の蝶をおさがしだとか……いましたか？」

「はい。昨日、姿だけは見ました。大型で、見たこともないコバルトブルーで、赤い模様の入った、それは素晴らしい蝶でした……この村の方も見ているはずなんですがね」

「そう言われると、見たような気もしますが、蝶に興味を持つような村民はいませんからね」

「まあ、そうでしょうね。ただ、ムラノオオクサを食草にしているようで、あの植物があれだけ群生しているということは、それなりの数がいるはずなんですよ」

「そうらしいですな。『山際館』の女将に聞きました。昨日、高野さんが卵のついたムラノオオクサを採取してきたと……」

昨日の情報をすでに村長が知っているということは、二人の間にホットラインでも通じているのだろうか？　それとも、この小さな村では、どんな情報も筒抜けということだろうか？

「ムラノオオクサがあれだけ自生するようになったのは、つい最近のことです。地球温暖化でこの村でも平均気温もあがってきていますからね、それで、あれだけ自生するようになったのかもしれません」

「食草が増えることによって、以前は少なかったネオタカノモルフォが頭数を増したってことは考えられますね」

「えっ？　ネオ……」

「ああ、すみません。私が勝手に名前をつけたんですよ。新種の蝶の名前をネオタカノモルフォと」

「なるほど。覚えましたよ」

斎藤はいったん言葉を切って、

「じつは、高野さんにわざわざお越し願ったのは、その、ネオタカノモルフォのことなんですよ」

細いが抜け目のない目で、真っ直ぐに高野を見た。

「今、私どもはこの村の村おこしを考えていましてね。ご覧のように、この村には、これといった産業も名産と謳《うた》われるものもない。人口は減るばかりで、働き盛りの男はほとんど流出してしまっている。じつは、私どもも村おこしのためにいろいろと手を打ってはいるんですが、なかなかね……」

多くの地方が抱えている問題を、この村も抱えているのだ。

「で、高野さんにはその新種の蝶、ネオタカノモルフォをぜひとも捕らえてもらい、発表していただきたいんですよ。そうなったら、この村にも蝶目当てに多くの方がいらっしゃるんじゃないかと……」

「あの蝶はすごいですよ。何よりも大型で、美しい。蝶マニアだけでなく、一般の方もあの蝶を見にくると思います」

高野も言葉に思わず力が入ってしまう。

「そうですか」

「はい。今はネット社会ですから。いったん火が点けば、あっと言う間です。全国から人がやって来ますよ。ギフチョウのように天然記念物に指定して、乱獲をふせいでいけば……」

高野は想像しただけで、胸が躍る。

それを発見したのが自分なのだから、高野はこの村の救世主である。いや、いっそのこと、ネオタカノモルフォの番人としてこの村に住み着いてもいい。

一生を役所勤めで終えるよりも、はるかに夢があり、蝶マニアの自分としては最高の生き方ではないか。

そのとき、脳裏を黒い影がよぎった。

「昨日、ムラノオオクサの群生している場所に行ったら、妙な二人が出てきまして。

あそこは私有地だから、勝手に入るなと言われたんですが……」

気になっていたことを告げると、斎藤村長の顔に渋面が浮かんだ。

「S開発ですよ」

「S開発？」

「ええ。東京に本部を持つディベロッパーの会社で、うちの村にも触手を伸ばしていて、あの辺の土地を買いあさってるんです」

「ほう……だけど、土地開発なら、むしろ、歓迎すべきではないですか」

言うと、村長の態度が一変した。

「バカなことを言わないでくれ。奴らは村のことなど考えちゃいない。頭にあるのは一儲けすることだけだ。お金の亡者なんだよ。そんな奴らにこの村の開発は任せられない！」

村長の握りしめた拳がぶるぶると震えた。よほど腹に据えかねたことがあるのだろう。

「そういうことなら……さっきの言葉は取り消します」

「いや……すまない。高野さんに怒っているわけではないのです。いずれ、彼らのことはお話ししますよ。それと、我々の進めている村おこしも。そうだ、何なら、蝶の採集にうちの職員をお貸ししましょうか」

「今のところはひとりのほうがいいかもしれません。経験のない者はかえって足手まといになる。でも、村の支援をいただいているというだけで、こっちの気持ちも違います。ますますやる気が出てきましたよ」

「頼みます。何かできることがあったら、援助させていただきますので」

「ありがとうございます。今のところはそのお言葉だけで充分です」

斎藤に次の予定が詰まっているようなので、高野は村長室を辞した。


高野は待っていてくれた香里が運転する車に乗って、旅館に向かった。

「村長とはどんな話をなさいました？」

ハンドルを握って村道を慎重に車を走らせながら、香里が訊いてくる。

「ああ、蝶のことだよ。村おこしとして、村も協力してくれるそうだ」

「そうですか……よかったですね」

「ああ、こっちも心強いよ……ところで、村長は女将さんと強いパイプでもあるのかな？」

気になっていたことを口にしていた。

「なぜですか？」

「いや、昨日、蝶の食草のムラノオオクサを採ってきたことを、村長は知っていたから」

「ああ、それは……」

香里は何か言いかけて、口を噤《つぐ》んだ。

「何かあるんだね？」

「美鈴さんも村おこしに一役買っているから、それで、村おこしの中心である村長に連絡をしたんだと思います」

「へえ、一役って？」

「いずれ、村長からお話があるんじゃないかな」

「そうか……」

何か隠さなければいけないことなのだろうか？

「それに……村長も美鈴さんに気があるみたいだし……」

「えっ、ほんとうなの？」

「わたしの口から、はっきりしたことは言えないな。村長も妻子持ちだから」

要するに、男女の感情を抱いているということだろう。実際に不倫関係があるかどうかはわからないが、美鈴も夫を亡くしているのだし、村長が美鈴のようないい女に邪《よこしま》な気持ちを抱くのはあり得ないことではない。

「うちの女将さん、男に人気があるから」

「……ということは、他にも思いを寄せる男がいるってこと？」

「どうかな？」

香里は秘密をちらつかせて高野の気持ちを動揺させることを、愉《たの》しんでいるようにも見える。その口調もくだけたものに変わってきていた。

「もしかして、高野さんも女将さんを？」

「……大人をからかうのはやめなさい。一昨日会ったばかりなんだから」

「でも、男と女が恋に落ちるのは、一瞬だって言うでしょ。時間の問題じゃないと思うわ」

そう言って、香里はハンドルを切り、交差点を曲がる。

寂れたスーパーの前に、何人かの女性が集まって話をしていた。

「ここの村の女性はみんな色っぽいね」

言わなくともいいことをつい洩らしていた。

「そうですか？」

「ああ……」

「女将さんが色っぽいから、そう思うんじゃないの？」

「それだけじゃない気がする」

香里はしばらく押し黙っていたが、やがて、訊いてきた。

「わたしも色っぽいですか？」

「えっ……ああ、もちろん」

ノースリーブの胸をこんもりとさせている乳房は大きいし、ミニスカートから突き出た太腿もむっちりと健康的に張りつめている。何より、若くてぴちぴちしていた。

「美鈴さんとわたしと、どっちがセクシー？」

「はっ……？」

「女将さんとわたしと、どっちと寝たい？」

「おいおい……あなたみたいな女性がそんなことを訊ねるもんじゃないよ」

「そう？」

「ああ……」

「答えをはぐらかすってことは、つまり、美鈴さんのほうがセクシーってことね」

「そうじゃないよ」

香里は二十三歳と若く、魅力的だ。誘われて拒める男はいないだろう。

だが、美鈴は別格だった。話題を逸《そ》らしたくなった。

「女将さんのご主人は、どんな方だったの？」

「卓治《たくじ》叔父さんは、いい人だったわよ。わたしのことをすごくかわいがってくれたし、仕事もできたし……」

叔父のことを語る香里の表情は、これまでとは違っていた。おそらく、叔父のことが好きだったのだろう。

「でも、事故で亡くなったの。足をすべらして、谷川に落ちて死んだのよ。叔母さん、可哀相《かわいそう》だった。ずっと泣いていたもの」

そんな事情があったとは、知らなかった。

「美鈴さんも、卓治叔父さんの遺志を継いで、旅館をやっているようなものよ」

「そうだったんだ」

美鈴に対して漠然とだが、恋心を抱く自分が恥ずかしくなった。

村道をしばらく走ると、雨に打たれた『山際館』が見えてきた。

「高野さんは一週間いらっしゃるんでしょ？　そのうちに、いろいろなことがわかってくるわ。でも、まずは蝶を捕まえてください。期待していますから」

「ああ、ありがとう。頑張るよ」

二人を乗せた軽自動車はエンジンを吹かし、全力を振り絞って、坂道をのぼっていく。

2

村役場から戻り、その日は明日のために英気を養うことにして、ずっと旅館にいた。だいぶ前に雨は止《や》んでいたし、天気予報では明日は晴れだった。

夜になり、日登美も交えて夕食を摂った。

新しい泊まり客は来なかった。アピールできるものが温泉と景色だけという現状では、旅行客を呼び込むのは難しいのだろう。あらためて、村長の言っていた村おこしの必要性を感じた。

そして、自分がネオタカノモルフォを捕らえて発表すれば、間違いなくこの村にも旅行客は押し寄せてくるはずだ。

明日のために早く寝よう。その前に、すっきりしようとトイレに向かった。

ここの旅館は各部屋にトイレはなく、一階と二階にひとつずつあるだけだ。

二階のトイレで用を済まして、部屋に戻ろうとしたとき、

「ぁああ、あうぅぅ……たまらない」

日登美の部屋から、女の喘ぎ声が聞こえてきた。

(えっ……？)

足が止まった。耳を澄ますと、

「いいの。いい……もっとして」

あからさまな声が漏れてくる。

日登美が誰か男を連れ込んでセックスに及んでいることは明白だ。では、いったい誰を？　旅館関係者には、男はいないはずだ。

立ち止まって、様子をうかがっている間にも、日登美のすさまじいばかりの喘ぎがどんどん高まってくる。

下半身に血液が集まり、居ても立ってもいられなくなった。

（こんなことをしてはダメだ……）

だが、自然に体が動いていた。隣室は空いている。ドアに手をかけると、するするとすべった。

八畳ほどの和室に広縁という高野の部屋と同じ間取りである。広縁に置いてある椅子を取ってきて、隣室との境の壁の前に置いた。

音を立てないように気をつけて、座面にあがる。

鴨居《かもい》の上にあるガラスの欄間《らんま》から、隣を覗くと——。

布団の上に仰向けになった日登美が、足を大胆にM字に開いて、全裸の男を迎え入れていた。

(うん、この男？)

はっきりと断言はできないが、先日、納屋で観光案内所の女子職員とセックスしていた男に、姿形が似ていた。ということは、S開発の用心棒ということになるのだが……。

だとしたら、大変なことだ。彼らの一員がこの旅館に入り込んでいることになる。

筋肉質の体が、浴衣をはだけさせた日登美の上で躍動し、

「あんっ、あんっ、あんっ……」

あからさまな声をあげて、日登美は男の逞しい背中に手をまわし、顔をいやというほどのけぞらしている。

どういうことか事情はわからない。ただ言えるのは、日登美は自分から男を迎え入れているということだ。

昨夜も、高野を誘ってきた。ということは、つまり、今回も日登美自らこの部外者を引きずり込んだということだろうか？

日登美はそんな女には見えないのだが……。

男が上から、乳房を鷲づかんだ。

たわわなふくらみを押し潰さんばかりに指を食い込ませ、それから、上体を折り曲げて、中心に貪りついた。

痛ましいほどにせりだした乳首を強く吸われて、

「ああああぁぁ……いい。もっと、もっと吸って」

日登美は仄白い喉元をさらして、男の両腕にしがみつく。

男はチュパッ、チュパッと音を立てて、頂《いただき》にしゃぶりつき、顔を離して、尖《とが》ってきた乳首を指でこねまわす。キューッと引っ張りあげて、左右に転がす。

そして、日登美はそのたびに嬌声《きょうせい》を噴きあげ、自ら下腹部をせりあげている。

昨夜も日登美は激しかったが、これほどではなかった。

日登美が体内に飼っている渇きのようなものが、高野とのセックスでますます強くなったのかもしれない。

男が何か言って、日登美の背中に両腕をまわした。そのまま後ろにそっくり返りながら、日登美を起こした。

なよやかな裸身が浮きあがってきて、二人は座位の形で向かい合った。

男の横顔が見えた。

やはり、あの男だった。案内所の女性職員と納屋でセックスしていたS開発の用心棒のひとりである。

背筋に寒いものが走った。

男は体を折り曲げて、日登美の乳房を吸った。ごつい手で乳房を揉みあげながら、先端を舐め、吸う。

すると、日登美は自分から腰をもどかしそうに前後に揺らして、擦りつけ、

「ああ、ぁああ、いい……いいのよ。おかしくなる。おかしくなる」

譫言《うわごと》のように呟く。

何かはわからないが、尋常でないことがこの村に起こっているような気がする。

それをさぐりたい、という気持ちとは裏腹に、高野の下半身も燃えるように熱くなっていた。

浴衣の前を押し割って、分身をつかんだ。

それはドクドクと脈打ち、傘をいっぱいに開かせて、手のひらのなかで躍りあがった。

握りしめたまま、欄間のガラスから覗いた。

男が仰向けに寝て、下半身に日登美がまたがっていた。日登美は男に両手で乳房を揉みしだかれながら、

「ああ、ぁああ、いい……止まらない。止まらないのよ」

足を開いた姿勢で、腰を前後左右に揺すり立てる。

左右の乳房をつかまれ、身を預けるようにしながら髪を振り乱し、腰から下を別の何かにとり憑かれたように、あさましく打ち振る。

そして、頬の削げた男は自分の上で踊り狂う日登美を、どこか醒《さ》めた顔で観察しているのだ。

「後ろを向け」

男に命じられて、日登美が下腹部でつながったまま、ゆっくりと時計回りにまわっていき、男に背中を向けたところで止まった。

「腰を振れ」

男に言われるままに、日登美はやや前のめりになって、腰をしゃくりあげる。

ハート形にふくらんだむっちりとした尻が卑猥に動き、その間から蜜まみれの肉棹が現れる。

「ふふっ、いやらしい尻だ。珍棒がお前の赤貝に入っていくのがよく見える」

「あああ、いや……恥ずかしいわ。恥ずかしい……」

言葉とは裏腹に、日登美はますます大きく腰を上下に振って、いきりたつ肉の塔を体内に擦りつけている。

（何てことだ！）

日登美のしどけない動きに驚きながらも、高野の視線はあさましく動く尻に釘付けにされてしまう。

男が両手を伸ばして、日登美の腰をつかんだ。

浮かしておいて、下から突きあげた。

長く反り返ったイチモツが、肉貝を下からえぐりたてて、

「あっ、あっ、あうぅぅ……突き刺さってくる。口から出てくるぅ」

日登美はがくん、がくんと顔を打ち振る。

それから、男が膝を抜いて、日登美の後ろに張りついた。四つん這いになった日登美の尻をつかみ寄せて、打ち込みはじめる。

「あうっ、あうっ、あうっ……」

汗がぬめ光る背中を弓なりに反らせて、日登美がシーツを鷲づかんだ。

男につづけざまに打ち込まれて、

「ああ、すごい、すごい、すごい……イク……イキます」

日登美がさしせまった声をあげた。

「そうら、イケ。くれてやる。お前の欲しいものをくれてやる」

男がいっそう激しく腰を打ち据えると、

「イク……イキます……やぁあぁぁぁぁぁ、はう！」

一瞬、のけぞりかえった日登美が、震えながら前に突っ伏していった。

3

高野は昂奮を下腹部に宿したまま、階下へと降りていった。

日登美のセックスを覗き見てしまい、喉がからからに渇いていた。階下に設置してある自動販売機で缶ビールを買った。

と、一階の食堂には、まだ明かりが灯《とも》っている。

顔を出すと、着物姿の美鈴がひとりで酒を飲んでいた。

高野を認めた美鈴が、こちらを見た。ドキッとした。

切れ長のアーモンド形の瞳がいつもとは違って潤んでいた。その目が挑みかかるように高野に向けられる。

普段は決して見せたことのない、男を求めているような餓《う》えた表情に足が止まった。

いくら二階とはいえ、あの激しい喘ぎ声である。日登美の女の声は、美鈴にも聞こえたはずである。そのせいで、美鈴も女の炎を燃やしてしまっているのだろうか？

立ち去るべきかどうか迷っていると、

「一緒に飲みませんか？」

そう声をかけてきた美鈴の顔は、いつものやさしげな表情に戻っていた。

「じゃあ、少しだけ」

「明日が早いですものね……こちらに」

勧められるままに、テーブルの向かいの席に腰をおろした。

缶ビールのプルトップを開けて、こくっと一口飲む。渇いた喉を冷えたビールが潤していき、昂奮が少しおさまってきた。

美鈴は粋《いき》な縦縞《たてじま》の着物を身につけて、髪を結っていたが、だいぶ酒が進んでいるのか、ふっくらとした耳たぶやほっそりした首すじがほんのりと朱に染まっていて、酔った女のしどけない色っぽさが滲んでいる。

美鈴が手酌で日本酒を飲んでいるので、高野は徳利を持って、美鈴のぐい呑みに注ぎ入れる。

「すみません。お客さんにお酌などしていただいて、女将失格ですわ」

そう言う美鈴の唇は酒に濡れて、艶《なまめ》かしく赤らんでいた。

その唇に白いぐい呑みの縁があてられ、ゆっくりと傾けられる。

飲み干して、美鈴は白い器をテーブルに置く。

「ほう、お強いんですね」

思わず言うと、

「すみません。時々、無性に飲みたくなって……普段はあまり飲まないんですよ」

美鈴が微笑んだ。

笑うと、口角がくっきりとあがって、女の愛嬌のようなものがあふれでる。

つくづくいい女だな、と見とれていると、

「今日は、村役場にうかがったとお聞きしましたが……」

美鈴があの話題を切り出してくる。

「ええ……行きました。村長に会って、蝶のことや町おこしについて話しました。蝶の卵のついたムラノオオクサを採ってきたこと、女将さんが村長に報告したんでしょ？」

美鈴はうなずいて、

「村おこしに役立つのではないか、と思いまして。出過ぎた真似でした」

「いえいえ、いいんですよ。おかげで、村長が新種の蝶の発見を支援するとおっしゃってくださって。こちらも助かっています。心強いですよ」

「よかったわ……で、村長の推進している村おこしについては何か聞かれました？」

「いや、まだ具体的なことは聞いてないです。そのうちに話すとおっしゃってくださいましたが。あの……その村おこしって、何なんですか？」

「わたしの口からは言えませんが、とにかく、働き盛りの男たちがどんどんこの村を離れていって、それを止める方法が必要なんです」

「というと、この村に働ける場所を作るとか？」

「それももちろん、あります。大変難しいことですが……」

「そうですか……でも、ひとまず新種の蝶を捕らえて、発表しますよ。そうすれば、この旅館だって、わんさか人が押しかけてきますよ」

「ありがとうございます。そうしていただけると、助かります」

美鈴は席を立ち、茹《ゆ》でた枝豆をキッチンから持ってきて、テーブルに置き、ごく自然な形で高野の隣の椅子に腰かけた。

手を伸ばせば届くところに、美鈴がいる。しかも、だいぶ酔っている。

ほのかに化粧と鬢《びん》付け油の芳香がただよっている。

さっき、日登美のセックスを盗み見たせいもあるに違いない。息苦しいほどの甘い疼きが胸にせりあがってきた。

それが引き金となって、思わず訊いていた。

「あの……この旅館は客以外の人を部屋に入れても、かまわないんですかね？」

「もちろん、かまいませんよ。事前に伝えていただければ大丈夫です。それが何か？」

「いえ、さっき、日登美さんの部屋に男の人がいたような気がしたもので……女将はご存じかなと思って」

途端に、美鈴の表情が険しくなった。

「……知りませんでした」

「えっ、ほんとうですか？」

「はい……」

そんなはずはない。あれだけ、日登美の喘ぎ声がしていたのだから、当然、誰かを引き込んでいることはわかるだろう。

女将は何かを隠している。知っていて、知らないふりをしている。

まだ男が帰った気配はないから、あの男は二階にいるはずだ。

「まだ、いると思いますよ。男の人」

「……そうですか。日登美さんももう長くお泊まりになっていらっしゃるから、そういうこともあるかもしれません。あっ、ご迷惑ですか？」

「いいえ、そんなことはありません」

「枝豆、召し上がってくださいな」

「ああ、そうでしたね」

茹でてある枝豆を莢《さや》から絞り出して、口に放り込む。

「美味しいです。茹で具合も塩加減も最高だ」

「ありがとうございます。亡くなった主人が、こういうものには煩《うるさ》くて。加減次第で美味しくできるシンプルなものこそ、調理人の腕の見せ所だって」

その主人は谷川に落ちて亡くなったという話を思い出して、心がしんみりした。と、そのとき、右肩にふわっとしたものと同時に重みを感じた。

美鈴がしなだれかかっていた。

（えっ……？）

我が目と感覚を疑った。

高嶺《たかね》の花だと思っていた美人女将が、高野の右肩に結いあげられた頭を載せて、身を預けているのだ。

にわかにはこれが現実だとは信じられなかった。

（亡き夫のことを思い出して、心が乱れているのだろうか？　それとも、日登美さんの喘ぎ声を聞いて、身体が疼いているのだろうか？）

高野が食堂に入ったとき、美鈴が見せた欲情した目を思い出していた。

（女手ひとつでこの旅館を切り回しているのだ。寂しいときだってあるだろう。男にすがりたいことだってあるだろう）

コクッと生唾を呑み込んで、高野は右手を肩にまわした。

美鈴は甘やかな吐息をこぼして、そのままになっている。

右手を高野の胸板に添え、次第に荒くなる呼吸で胸を喘がせながら、すがりついている。

高野は思い切って、左手で美鈴の右手を握った。

しっとりと汗ばんだ手のひらが、高野の手を情熱的に握り返してくる。

鬢付け油の芳香がただよい、その濃厚な香りに、高野はとらえられていく。

あろうことか、股間のものが力を漲らせてきた。浴衣の前を突きあげ、割ろうとしている。

と、そのとき、美鈴の右手が高野の手を離れて、おりてきた。

浴衣の前身頃を右、左とめくって、ブリーフを高々と持ちあげている屹立《きつりつ》を布地越しに触ってきた。

あっと言う間にカチカチになった勃起を、その裏筋に沿ってゆるゆるとなぞっては、震える吐息をこぼすのだ。

夢だとしか思えなかった。

だが、指腹を伸ばしたまま、おずおずと裏のほうをさすってくるその感触は、どう考えても現実そのものだ。

美鈴の息づかいが明らかに激しくなっている。

高野も息が荒くなる。

指が触れている箇所から、微弱電流に似た快感がひろがり、それが性中枢まで及び、もの狂おしいような昂奮がせりあがってきた。

そのとき、勃起にしなやかなものが直接触れた。

ハッとして見ると、女将の細く長い指がブリーフのクロッチからなかにすべり込んでいた。そして、裏を見せて反り返る肉棹の裏を、指が上下にすべった。

（おおう、これは……！）

眉目秀麗《びもくしゅうれい》を絵に描いたような女性が、自分のあさましくエレクトした分身にじかに触れている。

温かく、しっとりとした指が肉棹を握りしめてきた。

「くっ……美鈴さん！」

名前を呼んで、女将の手に自らの手をかぶせ、下腹部をもっと強く触ってとばかりに突きあげていた。

それがいけなかったのだろう。

美鈴はハッと我に返ったように、伸ばしていた手を引いた。

「ゴメンなさい」

弾《はじ》かれたように立ちあがり、

「すみません。なかったことにしてください」

頭をさげて、急ぎ足で食堂を出ていく。

こんなときにも、着物の前身頃を押さえる作法を忘れない女将に、惹かれるものを感じながら、高野は呆然と後ろ姿が消えていくのを見守った。

4

ひとり食堂に残された高野は、啞然としたままテーブルの前に座りつづけていた。まだ、勃起はおさまらない。

女将のしなやかな指の感触を、まだ分身が覚えていた。その気になったところをいきなり放り出されて、高野もそのムスコも欲望の遣り場に困っていた。

と、そのとき、香里が食堂に入ってきた。ふわっとしたノースリーブの花柄のワンピースを着た香里が近づいてくる。

「来て」

高野の手をつかんで立たせ、ぐいぐい引っ張る。

「おい、香里ちゃん……」

「いいから、来て。さもないと、今、見たことばらしちゃうわよ」

「……見てたのか？」

「ええ……美鈴さんにおチンチン握られて、呆《ほう》けた顔をしていたわね」

「あ、あれは……」

「いいのよ。責めているわけじゃないから。女将さんだって、ああいう心境になるときもあるし、高野さんだってああされたら、拒めるわけがないもの」

高野は香里に手を引かれて、旅館の裏口から外に出た。

だいぶ前に雨は止んで、蒸し暑かったが、この時間になると夜の冷気が心地よい。

建物の裏手にある納屋に引っ張り込まれた。

今はほとんど使用されていないだろう農具や、朽ち果てた家具が置かれた納屋は、地面が剝き出しで、独特としか言いようのない土臭さが充満していた。

「おい、どうするつもりだ？」

「どうって……こうするのよ」

高野を束ねられた縄が掛けられた壁に押しつけ、香里はその前にしゃがんだ。

浴衣の裾《すそ》をまくりあげ、ブリーフに手をかけて引きおろす。こぼれでた肉棹を、一気に頰張ってきた。

「くうぅぅ……」

勃起の余韻が醒めやらぬ肉茎を温かい口腔で包まれて、高野は呻くことしかできなかった。

そして、香里は一度咥えたらもう離さないとばかりに、高野の腰を両手で引き寄せて、大きく顔を打ち振る。

ずりゅっ、ずりゅっと唇でつづけざまにしごかれると、否応なく分身は力を漲らせ、充溢感が下腹部にひろがる。

何がどうなっているか理解できないまま、しかし、高野の分身は主人の思いなど無関係とでもいうように、香里の口のなかでギンといきりたってしまう。

「くうぅぅ……ダメだよ、こんなことをしては」

口ではそう言ってみせる。

香里は肉棹を吐き出し、唾液まみれの肉棹を右手で握ってしごきながら、

「いいのよ、罪悪感など必要ないわ。わたしが好きでしているんだから」

くりっとした瞳で見あげてくる。

この村はどこかおかしい。この村の女たちはみんな性に餓えている。

案内所の女性職員も、日登美も、香里も、美鈴さえも……。

働き盛りの男たち、つまり、抱いてくれる男が少ないからだろうか？

「ジュルル……ジュルル……」

唾音とともに肉棹を啜りたてられる快感に、高野は天井を仰ぐ。

構造が剝き出しの天井には蜘蛛《くも》の巣がかかり、腹の赤い女郎蜘蛛が一匹、じっとこちらを見ている。

（俺は女郎蜘蛛の吐き出す糸にからめとられる昆虫か？）

香里はその間も、「ジュルル、ジュルル」といやらしい唾音とともに肉棹を頬張り、皺袋を手で持ちあげながらやわやわとあやす。

それから香里は口で男根を追い込みながら、花柄のワンピースのなかに手を入れて、器用にパンティを引きおろし、足を交互にあげて抜き取った。

欲しい？——とでも言いたげに、脱いだパンティを高野に手渡す。

受け取った小さくてかるい布切れを、高野は目の前に持ってくる。裏返ったピンクのパンティの基底部には、べっとりと蜜が笹舟形に沁みついていた。

心のうちでは自分を責めながらも、それを至近距離で観察していた。

触れると、ぬるぬるだった。

（こんなに濡らして……）

透明な汁が二重布から浮き出るほどに大量にこびりつき、香里がいかに男を求めていたかが手に取るようにわかる。

そして、香里は肉棹を頬張りながら、高野の様子をじっと観察しているのだ。

咥えたまま、にやりと口尻をゆがめ、

「んっ、んっ、んっ……」

連続して唇をすべらせて、高野を追い込もうとする。

「おおぅ、くっ……」

湧きあがる快美感に唸ると、香里はちゅぱっと吐き出して、立ちあがった。

高野を壁際に追い込んだまま、片方の手で屹立を握りしごきながら、もう片方の手を使って器用にワンピースを脱いでいく。

肉棹を握る手を替えて、ワンピースを足元に落とした。

ハッと息を呑んでいた。

ブラジャーはつけていなかった。乳房は大きいが、適度に肉のついたバランスの取れた裸身が、窓から射し込む月明かりを浴びて、神々しいほどに仄白く輝いている。

丼を伏せたような豊乳に見とれていると、香里は高野に抱きつくようにして、身体の位置を入れ換えた。

壁に背中をつける形で、高野の顔を両手で挟みつけて顔を寄せてきた。

ぷっくりとした唇が押しつけられ、右に左に角度を変える。

甘酸っぱい女の吐息がかかり、舌が口腔に潜り込んできた。

「はぁああぁぁ……あむうぅぅ」

子宮から吐き出されるような喘ぎとともに、舌を貪るように吸ってくる。

唇を離すと、二人の間に唾液の糸がたらっと伸びて、きらっと光る唾液を香里はジュルルッと啜りあげた。

「ねえ、オッパイをかまって」

ぼぅと潤みきった瞳を向けて、高野の頭を押しさげた。

高野は背を丸めて、乳房にしゃぶりつく。

両方のたわわなふくらみを左右の手で揉みしだきながら、向かって右の乳房の頂を口に含んで、かるく吸った。すると、それだけで、

「ぁあぁ……いい。感じる。感じるのよ……ああうぅぅ」

香里は壁に後頭部を押しつけて、高野の肩をつかむ手に力を込める。

淡いセピア色にぬめる乳首を上下に舐め、左右に弾く。

見る間に突起が硬くせりだしてきて、カチカチになった乳首にもう一度しゃぶりつき、なかで舌を走らせると、

「ぁああ、ぁああ……それ、たまらない。気持ちいい」

心底感じている女の声が、頭上で聞こえる。

高野はもう片方の乳首も同じように舐め転がした。

自分がしてはいないことをしている、踏み込んではいけない領域に足を突っ込んでいるという自覚はある。

だが、香里の放つ圧倒的な誘惑のオーラの前では、高野の理性などあってなきがごとしだった。

左右の乳房をたっぷりとかわいがってから、乳房の真ん中を臍《へそ》に向かって舐めおろしていく。縦長に窪んだ臍に尖らせた舌を押し込んで、ちろちろと躍らせた。

臍の愛撫にさえ感じるのか、香里は「ぁああ、ぁあぁ」と絶えず声をあげて、腰をもじつかせる。

高野はしゃがんで、下腹部の翳りに舌を移した。

愛らしい風貌からは想像できない、一本一本が太く縮れた恥毛が密集して、谷間に流れ込んでいた。

女が発情したときに放つ淫臭がただようあたりに舌を這わせ、シャリッ、シャリッとヴィーナスの丘を舐めると、

「ぁあぁ、焦《じ》れったい……」

香里が高野の頭をぐいと押しさげ、女の肉谷をせりあげてくる。

鼻先と唇が触れただけで、そこが油まみれのアワビのようにぬるぬると息づいているのが感じられた。

昨日の日登美もそうだった。

この村の女たちは、いつも恥肉を濡らしている。

そして、自分は発情を慰《なぐさ》めるオスだ。

タラコを二つ並べたようにふくらんだ陰唇の狭間に、舌を走らせた。

潤滑に舌が狭間を這い、女の吐き出すぬめりが舌にからみついてくる。だが、それはいくら舐めても次から次とあふれでて、高野の舌を潤してくる。

磯《いそ》に似た女の性臭が強くなり、蜜にも味覚がともなってきた。

生臭い果汁を下からすくいあげ、その勢いのまま上方の肉芽を舌先でピンッと撥ねると、

「くっ……！」

香里はびくんと下腹部を跳ねさせて、高野の肩についた手に力を込める。

高野は片足を肩にかけて開かせ、いっそう舐めやすくする。

その姿勢で股ぐらに潜り込み、仰向く形で濡れ溝に舌を届かせる。とろっと滴り落ちてくる蜜をすくいとり、ひろがっている粘膜の狭間に幾度も舌を往復させる。

「あっ……あっ……たまらない。それ、たまらない……」

ひと舐めするごとに、香里は下腹部を擦りつけてくる。

とろとろに蕩けたとば口が、深い口をのぞかせ、何かを求めるようにひくひくと収縮している。

そこに丸めた舌先をねじ込んで、膣壁を撥ねあげ、出来る限り抜き差しをする。

「ああ、それ……！」

香里はもう我慢できないとでも言うように、濡れ溝を顔面にぐいぐい押しつけてく

る。高野が舌を引っ込めると、

「ぁああん、ねえ……欲しい。入れて……入れて」

下腹部をせりだしながら、訴えてきた。

高野は立ちあがって、汗を吸って貼りつく浴衣を脱ぎ捨てた。

ここが納屋であるせいか、どこか開放的な気分になって、屹立が頭を振る。

香里が右手を伸ばして、肉棹を握りしごきながら、早くとでも言うようにとろんとした目を向けている。

高野は右手で、香里の左足をつかんで持ちあげた。膝を腰のあたりまで引きあげて、翳りの底に屹立を押しあてる。

角度に気をつけながら膝を曲げて、切っ先をぬめりにあて、慎重に突きあげていく。

太い部分が入口の扉を割り、少しずつ肉の孔を押し広げていった。

「うあ……っ！」

香里がしがみついてきた。

「おおぅ、くう……」

と、高野も唸っていた。

明らかに体温より高い膣肉が、まったりと肉棹を包みこんできた。

つながったばかりなのに、潤みきった肉襞がざわめくようにして、侵入者を締めつけてくる。まるで、腔腸動物の腹に突っ込んだらこうなるだろうというような、蠕動と吸引力をともなっていた。

「ぁああ、ねえ、ねえ……」

香里がしがみつきながら、腰を揺すってせかしてくる。

高野は上体を反らせ、尻を引き寄せて結合が外れないようにしながら、ゆったりと突きあげた。

反り返った肉棹が、立っている女の体内を斜め上方に向かってうがち、

「ぁああ、来てる。来てる……奥まで来てるぅ」

顎をせりあげて、香里は悦びを表す。

「……たまらない。締まってくるぞ。吸いついてくる」

高野は少しずつ強くしながら打ち込んでいく。

バスッ、バスッと音が立ち、香里は顔をのけぞらせる。

持ちあげられた左足がぶらん、ぶらんと揺れて、裸足の爪先が快楽そのままに反り返った。

格子の嵌《は》まった窓からは、欠けはじめた黄色い月が夜空にかかっているのが見える。

(ああ、俺は狼男だな……)

冗談ではなく、月に向かって吼えたくなる。

もっと突きあげてやろうと強く腰を振った瞬間、肉棹がぬるっとすべって抜けた。

5

「外でしましょ」

そう言って、香里は脱いだワンピースを持つと、高野の手を引いた。高野もあわてて浴衣をつかんで、納屋を出た。

高野も香里も全裸に草履《ぞうり》を履いている。こんな姿を他人に見つかったら、大変だ。だが、そんなことおかまいなしに、香里は高野の手を引いて、旅館の裏手にある森のなかへと導いた。

広葉樹が今を盛りと青々とした葉を繁らせ、木々の間から黄色い月が見える。

いつの間にか、香里が先を飛ぶように歩いていた。

森のなかで見る全裸の女は、どこか違う世界に来たような非現実感をともなっていて、ほっそりとしたウエストから急激に張り出した尻たぶのふくらみと、白さが幻想的だった。

「おい、どこまで行くんだ？」

追いかけながら声をかけた。

「そうね、ここでいいわ」

香里は立ち止まり、太い幹の広葉樹の間の地面にワンピースをひろげて敷いた。

高野も浴衣をワンピースの上に重ねて敷いた。

すると、香里はその上に足を開いて座り、両手を股ぐらに伸ばし、陰唇を指でぐいとひろげた。

淫靡で、かつ開放的な光景だった。

大自然の森のなかで、全裸の女が女の証を指でくつろげ、血のように赤い粘膜を剥き出しにしている。

右手の指が、そこをなぞりはじめた。

「ああ、気持ちいい……」

しなやかな指で谷間を上下に撫で、上方の突起をくるくるとまわし揉みする。

いつの間にか、左手は乳房に伸びて、揉みしだいていた。

「こうしていると、獣のメスに戻ったような気がするの。ああん、気持ちいい。気持ち良すぎる……」

生まれたままの姿で自ら愛撫しながら高まっていくのを見せつけられ、高野もオスになっていくのを感じた。

近づいていき、座っている香里の顔面に股間を寄せた。

すると、香里は少しの躊躇《ためら》いもなく、しゃぶりついてきた。

唇をひろげて、猛りたつものをいっぱいに頬張り、顔を打ち振る。そうしながら、足を開いて、その中心に右手の中指を打ち込んでいる。

ぷっくりとした小さな唇が硬直を行き来する。

湧きあがる愉悦《ゆえつ》に身を任せながら見あげると、枝を張った広葉樹の間から、神々しいほどの月が見えた。

「んっ、んっ、んっ……ジュルル……んっ、んっ、んっ」

香里は随所で唾液を啜りながら、顔を激しく打ち振って、唇をすべらせてくる。

気持ち良すぎた。そして、このまま、香里の体内に入りたかった。

「香里ちゃん、這ってくれ」

思いを伝えると、香里は肉棹を吐き出して、ひろげた浴衣の上に四つん這いになった。

両手と両膝をつき、尻を高々と突き出している。

なだらかなラインを描く女体を、木々の間から漏れる月光が青白く照らして、妖美としか言いようがない。

上空にかかった月とその丸さを競い合っている尻をつかみ寄せて、猛々しくそそりたつものをぬめりに押しあてた。

自分が獣になったような気がする。

「うおぉぉぉ……」

吼えながら打ち込むと、分身がメスの体内に嵌まり込み、

「あおぉぉぉん……」

香里も遠吠えのように長い喘ぎを響かせた。

本能が一気に爆発して、遮二無二《しゃにむに》叩きつけていた。

パチッ、パチンと乾いた音が立って、

「あん、ぁあぁ、あんっ……」

心底から出している快感の喘ぎが、森閑《しんかん》とした空気を切り裂いていく。

もっと感じさせたくなり、高野は片手を脇からまわり込ませて、乳房をとらえた。

たわわな乳房の弾力やたわみが、この自然のなかで、女体の温かさや生きているものの息吹《いぶき》を伝えてくる。

荒々しく揉み込みながら、腰を叩きつけた。

「あああ、ぁあぁぁ……いい、いいの。感じる、感じすぎる」

打ち込まれるたびに、四つん這いになった裸身を前後に揺らして、香里が声を絞り出す。

森の青臭い匂い、どこからか聞こえてくる鳥の鳴き声……。

大自然のなかで、高野は女体とつながっていた。その温かくて、どろどろに蕩けた女の坩堝に分身をめり込ませている。

潤みに満ちた肉路がきゅ、きゅっと締まって、肉棹を内へ内へと吸い込もうとする。

「おおぅぅ！」

吼えながら、つづけざまに深いところに打ち込んだ。

「あっ、あっ、あうぅぅぅ……イキそうよ。香里、イクわ」

「そうら、イケ」

腰を引き寄せて、最後の力を振り絞った。

からみついてくる肉襞を削るように強く擦りあげるうちに、高野も急激に高みへと押しあげられていった。

下腹部が尻と衝突する音が響き、香里の喘ぎがさしせまってきた。

持ちあがった尻が痙攣して、顔が上下に揺れる。

「イク……イク、イク、イッちゃう……！」

「出すぞ。出すぞ！」

高野が射精覚悟で打ち据えたとき、

「いやぁあああぁぁぁぁぁぁぁ……はうっ！」

香里は嬌声を噴きあげながら、のけぞりかえった。

シート代わりの浴衣を鷲づかみ、がくん、がくんと頭を振りあげた。

「うぉぉぉ！」

駄目押しの一撃を叩き込んだとき、高野もしぶかせていた。

熱い樹液が迸《ほとばし》っていくのを感じながら、高野は大自然のなかで女体のなかに放出する開放的な悦びに酔いしれていた。

第三章　媚薬ユートピア

1

翌朝は快晴だった。

高野は予定通りに早起きして、朝食を摂り、女将におにぎりを作ってもらって、山に向かった。昨夜はあんなことをしたのに、いっこうに疲れを感じないのが、不思議と言えば不思議だった。

ネオタカノモルフォのいる場所はわかっている。

今日はぜひとも成虫を捕まえたい。雌雄揃えられれば万々歳だ。

問題は彼らが棲息する場所が、S開発の私有地であるということだ。幻の蝶を私有地外で捕らえられればいいが、あのムラノオオクサの自生する場所でとなると、ふたたび連中に発見される可能性がある。今回はただでは済まされないだろう。

高野の足は自然に速くなる。

途中で短い休憩を取り、すぐに出発する。

渓谷沿いをのぼっていき、先日蝶がいた場所に出た。そこで、捕虫網を組み立てて森に入っていく。

蝶をさがすものの、見つかるのは、小さな宝石のようなシジミ蝶ばかりで大物はいない。

(おかしい……どうしたんだろう?)

そのとき、パーン――と乾いた破裂音が響きわたり、空気が揺れた。

(何だ!)

どう考えても、銃を撃ったときの音だ。誰か狩猟でもしているのだろうか?

もしそうなら、自分が獣と間違えられては困る。

しばらく、物陰に隠れてじっとしていた。

パーン――ふたたび乾いた銃声が山間にこだました。

どうやら、ムラノオオクサが群生していた方向から聞こえてくるようだ。

(ということは、この前の連中か?)

急いで森を抜けると、目の前に緑の平原がひろがった。

この前の二人組がいた。そして、背の低いほうが散弾銃を構えて、上空の何かを狙っている。

ハッとして見あげると、何匹かの蝶が太陽の光にコバルトブルーの翅《はね》をキラキラ反射させて飛び去って行くところだった。

ネオタカノモルフォである。

パーン――。

三度、乾いた銃撃音が周囲の空気をビリビリと震わせた。

彼らは幻の蝶を狙って、散弾銃を撃っているのだ。

幸いにして散弾は蝶には命中しなかったようだが、蝶たちはあっと言う間に、森のなかに消えていった。

「やめろ！」

後先考えずに、高野は駆け出していた。

二人がびっくりしたようにこちらを見た。

「また、お前か。ここには来るなと言っただろう！」

長身の男が険しい顔でにらみつけてきた。昨夜、『山際館』の部屋で日登美を抱いていた男である。

「あなたたちこそ、何をしているんだ！　蝶を撃ったりして」

高野は畦道《あぜみち》を駆けていき、散弾銃を持った男の前に立ちはだかった。

「何だ、コラ！　お前も撃たれたいか、アン！」

男が銃口を向けてくる。

「よせ！　暴発でもしたら、どうするんだ」

長身の男がそれを制した。高野は訊いていた。

「なぜ、蝶を撃つんだ？」

「邪魔だからだ」

「……邪魔？」

「ああ、こいつらの幼虫はムラノオオクサを食い荒らす」

「食草なんだから、当たり前だ。ムラノオオクサを食べてサナギになり、成虫になるんだ」

「だから、それが困ると言っているんだ」

「困るって……？」

「ムラノオオクサは貴重な財源になる」

「財源？」

ムラノオオクサが食用になることは、自分も食べたし、知っている。だが、それがこの男たちが銃を使ってでも護《まも》らなくてはいけないほどの財源になるのだろうか？

人の気配がしたほうを振り向いた。

白いスーツを着た男がこちらに近づいてくる。中肉中背できりっとした感じの男が、部下らしい巨体の男を連れて歩いてくる。

「吉村《よしむら》、どうした、そのお方は？」

白いスーツの男が、長身の男に声をかけた。

吉村と呼ばれた男は急に畏《かしこ》まって、

「すみません、常務。あの蝶を追い払っていたところ、この方が、蝶を撃つなとクレームをつけてこられまして。じつは、先日もお見かけしたので、ここは私有地だから入らないでほしいと注意したのですが……」

「……あなたが、高野さんですね。新種の蝶を捕らえに、東京からいらしたという」

常務と呼ばれた五十代半ばほどの男が、紳士的な態度を取りながらも、ゾッとするような怜悧《れいり》な目を向けてきた。

すでに情報が伝わっているらしい。ギクッとしながらもうなずいた。

「そうですか……いや、ぜひともお会いしたかったので、ちょうどよかった。こういう者です」

男が差し出した名刺には「S開発　常務取締役　長田次郎《おさだじろう》」と記してある。

S開発は、村長がこの辺の土地を買いあさって、一儲けを企んでいると言っていたあのディベロッパーである。そして、この怜悧な刃《やいば》のような雰囲気を持つ男が、そこの重役のうちのひとりということなのだろう。

だが、その男が自分にどんな用があるというのか？

高野は警戒して、長田を見た。

「ちょうどいい。せっかくここまでいらしてくださったんだから、うちの社に寄っていただきましょうか。相談に乗ってほしいことがあるんですよ」

「いや、私は蝶の採集の途中なので……」

「高野さん、あなたはすでに我が社の土地に不法侵入をしていらっしゃる。警察を煩わすのも面倒でしょう。私も自己紹介をした。名刺まで渡した。そんな私があなたに危害を加えるわけがない。すぐに済みますよ」

不気味なほどに落ち着いた男には、有無を言わせぬ静かな迫力があった。

それに、屈強そうな三人に囲まれていては、断ることは難しそうだ。

「わかりました。手短にお願いしますよ」

「いいでしょう。行きましょうか」

長田が先頭に立って歩き出した。そのすぐ後に用心棒らしい巨漢がつづき、その後を高野が、最後にあの二人がついてきている。

畦道の両側には、大量のムラノオオクサが群生していた。

散弾銃に恐れをなしたのか、蝶の姿はまったく見えない。銃声でいったん止んでいたセミのかまびすしい鳴き声だけが聞こえてくる。

しばらく歩くと、山の緑の間に白亜の別荘のようなものが見えてきた。

「……あれですか？」

訊くと、長田が静かにうなずいた。

2

それは巨大な要塞のような建物だったが、正面は白亜の全面ガラス張りの洒落《しゃれ》た造りになっていた。

見事に手入れされた、ゴルフ場のグリーンのような芝生のなかを建物に向かって石畳のアプローチが走っていて、そこを歩いていくと、正面玄関があった。

重厚なドアが開けられて、五人ほどの男女が四人を出迎えた。

男は東南アジア人が着るような白のジャケットを着てズボンを穿いていた。女たちは、ノースリーブの白く、裾のひろがったワンピースを身につけている。

ドキッとしたのは、彼女たちのつけているワンピースの上半身がシースルーの素材でできていて、乳房のふくらみと頂上の突起が透け出ていることだ。

肌色の乳房のふくらみの形や、色が濃くなった乳首の色の在り処《あか》までも、はっきりと特定できる。

（これが、社員？）

どこかの狂信的な組織にでも迷い込んだようだ。だいたい、女子社員がこんなエロティックな格好をしていては、職務に差し障《さわ》りが出るだろう。

「ご案内しましょう。ついてきてください……お前らはいい。あれを用意しておけ、パーティルームで」

吉村に厳しい眼差《まなざ》しを向けて、長田が先に立って歩き出した。

建物の内部も白壁で出来ていて、白一色の内装に目が眩《くら》みそうだ。

迷路のような回廊を歩いていき、長田が立ち止まった。

「ここを見てください」

廊下側の大きなガラス窓から室内を覗くと、緑の葉っぱをつけた背の高い草が大量に貯蔵されていて、それを白い制服をつけた男女が選定したり、どこかに運び出したりしている。

「これは、ムラノオオクサですね？」

訊くと、長田がうなずいた。

吉村が、ムラノオオクサが財源になる——と言っていたので、この植物に関する何かが行われているのだろうとは思っていた。

「こんなに大量のムラノオオクサを、どうしようと？」

「こっちに」

長田に案内されて、後をついていく。

「ここです」

廊下側の窓からなかを見ると、白い部屋の真ん中に巨大なジューサーのようなものが置いてあって、大きな漏斗《じょうご》のような透明な容器に緑のものがまわっている。

砕かれて粉々になり、搾《しぼ》り取られた葉のエキスがその下の器に垂れ落ちていた。

ムラノオオクサを巨大なジューサーにかけて、ジュースでも作ろうとしているのだろうか？

「ムラノオオクサの葉のエキスは効力が強いんですが、この粉々になった葉っぱの部分も使えます。これはゆっくりと、じわじわと効いていく。エキスのほうは即効性がある。もちろん、これだけでは効果が薄いので、ある秘密の成分を加えますが……」

長田が解説を加えた。

「効果って、何の？」

「来てください。お見せしますよ」

長田の後をついていく。

回廊をしばらく歩いた建物の奥のほうに、窓のないところがあって、その部屋に二人は入っていく。

室内にはもうひとつ部屋があって、ガラス窓から室内が見えた。

「これが、ムラノオオクサの効果ですよ」

室内に置かれた白いソファやマットの上で、男女が入り乱れていた。

制服の白衣をつけた三人、いや、四人の女たちが男たちに挑みかかっている。まるで、何かにとり憑かれたように目をとろんと潤ませた女たちが、男の上に乗っかって腰を振り、男根にしゃぶりついている。

「あんっ、あんっ、あんっ……いい。おかしくなるぅ」

「もっと、もっと叩いてぇ」

「ぁあああぁ、イク、イク、イッちゃう!」

女たちの嬌声が部屋から漏れてきた。

思わず見入っていた。

ソファに仰向けに寝そべった若い女は全裸に剝かれ、そこに、三人の男が寄ってたかって女の乳房や股間にしゃぶりつき、裸身を愛撫している。

尻の大きな女は四つん這いになって、若いイケメンがその尻を抱えるように打ち込んでいて、その前にはもうひとりの男が両膝をつき、肉棹をしゃぶらせていた。

三十半ばだろうか、とびっきりの美人が痩せた若い男の下腹部にまたがって腰を振りながら、左右に立つ男のいきりたつ肉棹をそれぞれの手で握りしごいている。

そして、二十五、六歳のスレンダーな女は縛られた両手を頭上にあげ、全身に赤いロープを掛けられた状態で、上から吊るされていた。

彼女を正面から男が犯し、後ろからも男が張りついて腰をつかっている。想像だが、膣とアナルを同時に犯されているに違いない。

そして、彼女たちは一様に歓喜の声をあげて、恍惚《こうこつ》とした表情を浮かべていた。

「これは……？」

「べつに、彼女たちが色情狂というわけではありません。うちの会社で実験台、モニターとして雇った女たちです……まだ、わかりませんか？　ムラノオオクサにある成分を調合すると、催淫《さいいん》効果がある。つまり媚《び》薬《やく》ですね」

そうか、そういうことだったのか。

「しかも、ただ男と交わりたいというわけじゃない。そんなのは色情狂ですから。私どもが『ムラノエキス』と名付けたサプリメントには、各々の女が持つ性的な特徴をそのまま顕著に引き出すという、極めて優れた効能がある。つまり、M的資質を持つ女は強いMに、S的な資質を持つ女はさらなるSに。それをこの臨床実験で私どもは検証しているわけですよ。副作用があっても困る。もしあるなら、それを抑える成分を入れなければいけない」

まさか、とも思う。だが、ガラス越しに繰り広げられている異常な乱交を眺めていると、長田の言葉を信じざるを得ない。

「高野さんも、この村の女たちが発情していることにお気づきになったでしょう？」

長田が言った。

「そうか……村の女たちはムラノオオクサを日常的に食べている。だから、みんな……」

「そういうことです。ムラノオオクサ単体だと即効性はない。だが、恒常的に摂取すれば、体質が変わってくる」

観光案内嬢もそうだった。日登美も香里も女将さえも……。

日登美はここに一週間滞在して、好物だと言っていたムラノオオクサを摂りつづけた。それに、個人的な渇望感が加わって、普通より早く効果が現れたのだろう。

もしかして……。

ネオタカノモルフォと名付けた新種の蝶も、食草であるムラノオオクサを摂取して、あの幻想的な美しさを持つ蝶に変異したのかもしれない。

地球温暖化によって急激に増えたムラノオオクサという植物が、幻の蝶とこの『ムラノエキス』という媚薬を生んだのだ。

「残念ながら、男にはさほど効力はなくてね」

長田がぼそっと言う。

高野が最近昂奮状態にあるのは、ムラノオオクサを摂取したからというわけではなく、発情した女に劣情をかきたてられたからだろう。

「臨床の段階を終えたら、うちは『ムラノエキス』を大々的に売り出すつもりだ。女性の媚薬サプリとしてね」

「だから、この一帯を買い占めているのか？」

「そういうこと。試してみたんだが、ムラノオオクサの生育には土壌が大きく作用するらしく、この辺りでないと育たない。我儘《わがまま》な草ですよ」

長田が鼻を鳴らして笑った。

ディベロッパーがまさか、媚薬販売をするなど考えてもいなかった。

『ムラノエキス』はかなりの高値でも売れるだろうから、これが軌道に乗れば、大変な産業になり、収益はあがるだろう。男性のインポテンツを治療する薬はあるのだが、女性のための媚薬は現在ほとんどないのだから。

そのとき、ふと思った。

「しかし、そんな秘密をなぜ私のような者に？」

「ふふっ、確かに。高野さんは村長にも呼ばれて、新種の蝶を村おこしとやらに使いたいと頼まれているようだし、いわば我々の敵だからね」

この男はどこからか情報を得ている。それに、吉村は昨夜『山際館』まで来て、日登美をものにしている。彼らはおそらく自分が思う以上にこの村に深く食い込んでいる。

「さっきは、うちの連中が済まないことをした。あれは忘れてください。あんな美しい蝶を散弾銃で撃つとはね。あなたにお会いして、方針を変えましたよ。うちは高野さんを全面支援します。ディベロッパーとして、あの美しい蝶を保護します」

「だけど、あの蝶はムラノオオクサを食草としているんですよ」

「様子から推して、あの蝶はせいぜい何十四というところでしょう。幼虫が食べると言ってもたかが知れている。私どもはもっともっとムラノオオクサを増やします。食草が確保されれば、あの蝶も増えるでしょう。そうしないと、せっかくの美しい蝶がいつ絶滅しないとも限らない」

長田の言うことにも一理はある。だが、ほんとうにこの男が実行してくれるのだろうか？

会話が途切れて、

「ぁああ、いい、死んじゃう！　死なせて！　もっと、もっといじめて！」

部屋のなかから、若い女の嬌声が聞こえてきた。

見ると、吊られている若い女が、屈強そうな男に鞭《むち》打たれていた。長い一本鞭で伸びやかな裸身を打たれて、赤い鞭跡がすでに幾条も斜めに交差して走っている。

そして、女は鞭が命中するたびに、身体を痙攣させて、

「もっと、もっとちょうだい」

と、泣きながら訴えている。

「七海《ななみ》と言って、真性マゾですよ」

長田がぽつりと言った。

「彼女もうちのモニターとして雇ったんですがね。勤めていた会社をクビになって、職をさがしていた。二十五歳で、美人だし、若いモニターが欲しかったから雇ったんですが、とんでもない正体を明かしてくれた……最初はああじゃなかった。羞恥心が強くて、うちのユニホームをつけるのもいやがっていた。ところが、『ムラノエキス』を投与して一週間目あたりから、本性を出しはじめて、今ではS男性のいい慰みものですよ。彼女を見ているとわかるでしょう。『ムラノエキス』がその女の特性を引き出すことが……」

目の前の光景を見ているだけに、長田の言葉には説得力があった。

「ほら、あの男に馬乗りになって尻を振りながら、手と口でペニスをしごいている美女……」

目を遣ると、何かの美人コンテストに出たら優勝か準優勝は間違いないとびっきり

の美女が騎乗位で男を受け入れ、正面に立った男の屹立をフェラチオし、左右に立っている男の肉棹を指でしごきまくっている。

「優子《ゆうこ》と言って、結婚しているんですよ。旦那が海外出張していて、子供もいないから、暇と身体を持て余して、うちのモニターに応募してきた。彼女は最初から欲求不満でしてね。男をあてがったら、初日からやりまくっていましたよ。だから、サンプルとしてはどうかと思うんですけどね。あれを投与したら、男がひとりじゃ物足りなくなったらしくて、今では数人で責めないと満足しない。もともと、複数の男とすることが希望だったらしくて、その欲望が顕著に出てきたってことでしょうね」

「……でも、これでは、かえって男が大変でしょう？」

「ここまで来るとね。ただ、投与の量や期間も、こうやってテストして初めて検証できるってことですよ」

見ていると、ソファで男たちの愛撫を受けていた若い女が、今度は男たちを足元にはべらせて、足を舐めさせている。

「麻輝《まき》と言って、彼女はまだ大学生ですよ。しかも、良家の子女が通う私立のお嬢さま大学の。だからと言って、自由に使えるお金がそうそうあるわけじゃない。欲しいものを買うお金目当てに応募してきたんだけど、家系かね。生粋のSでお姫さまというか女王さまなんですよ。男に尽くされるのが大好きでね」

そう言われてみると、女は確かに鼻筋の通った品のある顔立ちをしている。高貴な顔が男たちの愛撫を受けて、いやらしく歪んでいる。

「こうして見ると、性も千差万別だってことがよくわかる。そして、女が男よりもはるかに欲望が強いってこともね……行きますか」

長田にうながされて、高野も部屋を出る。

階段をあがり、長田のオフィスに案内されて、大きなガラス窓のついた広々とした部屋のソファに座る。

すると、それを待っていたように、すらりとした知性派美人がアイスコーヒーを運んできた。

「私の秘書の小向冴子《こむかいさえこ》です」

長田に紹介されて、冴子は深々とお辞儀をする。
二十六、七歳だろうか、みんなと同じ制服をつけているので、シースルーの布地から美しい丘陵を描く乳房と、頂上の突起が透け出している。柔らかく波打つウエーブヘアが肩に散って、ハッとするほどに美しい。
冴子がテーブルにコーヒーのグラスを置いて去っていくと、入れ違いに、二十三、四歳の小柄でボブヘアの、アイドル並みにかわいい女が部屋に入ってきた。

「何だ、友美《ともみ》」

友美と呼ばれた女が、

「ちょっと、お耳に挟みたいことが……」

背伸びするように、長田の耳に顔を寄せて、何事か囁いている。

「そうか、わかった。行っていいぞ」

長田に言われて、友美と呼ばれた女が出ていく。

「今の彼女は？」

思わず訊いていた。

「ふふっ、興味がありますか？　高島《たかしま》友美と言って、うちの新入社員ですよ。かわいい顔して頭もいいから、いろいろと使い道があって重宝しているんですよ……どうぞ」

コーヒーを勧められて、アイスコーヒーをストローで啜る。

冷えたコーヒーが渇いた喉を潤す快感に、半分ほども一気に飲んでしまった。

「さっきの件ですが……」

正面の肘掛けソファに座って、長田が足を組んだ。

言葉づかいは丁寧だが、どこか威圧されるような雰囲気が滲んでいる。

「新種の蝶の件に関しては、我々が保護します。ですから、高野さんには我々の味方になっていただきたいんですよ。村長は何と言っているか知りませんが、『ムラノエキス』が発売されれば、私たち以上にこの村も潤う。私どもが税金を払うわけですから。それに、資金が潤沢にあれば、あなたの発見した蝶……」

「ネオタカノモルフォという名前をつけるつもりです」

「その、ネオタカノモルフォの楽園をここに築いてもいい。高野さんはそこの園長をして、しかも、美しくなおかつセクシーな女性たちに囲まれて暮らすことができる。男の夢でしょ？」

高野はそのシーンを想像した。

知らずしらずのうちに、頬がゆるんだ。

だが、と思い直す。村長はS開発は自社の儲けしか考えていないと言っていた。それに、今見た性の饗宴も首を傾《かし》げざるを得ないところがあった。

女性があんなふうになって、果たして幸せなのだろうか？　どこか、違和感を覚えてしまう。

「その件に関しては、もう少し考えさせてください」

「そうですか……」

長田が席を立って、大きな窓から外を見た。

そろそろここを退出したほうが、と腰をあげたものの、いったん持ちあがった尻がストンと落ちてしまう。

「どうなさいました？」

長田が訊いてくる。

「いや……たぶん、疲れているんだと思います」

「何なら、ここに泊まっていかれればいい。旅館の方には、うちから連絡を入れておきますよ。高野さんが蝶を追っているうちに日が暮れてしまった。このまま帰るのは危険なので、うちの社屋に泊まっていくことになったと……」

「いや、それはまずい」

「では、しばらくここでお休みになって、回復したらお帰りになればいい。すみません、私はちょっと用があるので」

長田が唐突に出ていった。

（少し休んでから、帰ればいい……）

ソファに座ったまま目を瞑ると、猛烈な睡魔が襲ってきた。

（ちょっとだけ横になろう）

そう思った直後、高野は急速に眠りの底に吸い込まれていった。

3

コバルトブルーの翅を持つ無数の蝶に囲まれていた。

自分の肌がネオタカノモルフォで覆い尽くされていた。蝶が羽ばたき、鱗粉が周囲に充満し、高野は息苦しくなって喘いでいた。

と、そこに、全裸の女が現れた。

驚いた。女将の美鈴だった。美鈴が一糸まとわぬ姿をさらして、微笑みかけながらせまってくる。美しい形で量感もある二つの乳房が近づいてくる。

抱きしめられていた。たっぷりとした肉感のある乳房が顔をふさいできて、ますます息ができなくなった。

もがいていた。苦しい……！

深い海面から這いあがるように、水面に浮上する。

グワッと息を吸い込んだ拍子に、目が覚めた。

どこを見ても、白い壁に覆われていて、自分がどこにいるのか、どうなっているのかわからない。高野自身は裸で、大きなベッドに寝かされている。

（ああ、そうか……）

おそらく、ここはS開発の社屋の一室だ。

急速に記憶がよみがえってきた。自分は長田のオフィスで寝込んでしまったのだろう。そして、この部屋に運ばれたのだ。

しかし、いくら疲れていたとしても、あの緊張感のある状況で自分がぐっすり眠ってしまうことなど、普通はあり得ない。

（おかしいぞ。そう言えば、あのコーヒーを飲んで少し経ってから急に眠くなった。もしかして、あのなかに睡眠薬が入っていたのではないか？　そうだ、そうに違いない。わかっていたから、長田は部屋を出て、俺をひとりにしたのだ。眠らせるために……）

ならば、なぜそんなことをしたのだろう？

首をひねりながら上掛けを剝《は》いで、上体を起こした。

ベッドを降りようとしたとき、扉が開いて、二人の女が入ってきた。

二人とも、あの上半身シースルーの白いコスチュームをつけている。すらっとした女は、長田の秘書である小向冴子だった。後ろの小柄な女は、新入社員の高島友美である。

「お目覚めになられたようですね」

冴子が声をかけてきて、ベッドの端に腰をおろした。

友美もベッドの反対側に腰かける。

二人に挟まれる形になって、高野は浮いていた腰をベッドに落とした。

「今、何時ですか？」

高野が訊くと、

「もう、夜の十一時です」

友美がアイドル顔で答える。

かわいい顔をしているのに、ワンピースを持ちあげた胸は大きく、突起が透け出している。そこにどうしても視線が向かってしまい、あわてて、冴子のほうを向くと、こっちにも、シースルーの布地から浮き出た冴子の美乳があって、高野は正面を向くしかなかった。

「よくお休みになられていましたわ。よほど、お疲れになっていらしたんですね」

冴子が秘書らしい上品さで言う。

「……睡眠薬を盛っただろう。そうでなきゃ、こんなに眠るはずがない」

「睡眠薬？　そんなことはしていないですよ」

「嘘だ。あんたが持ってきたコーヒーに、入っていたんだ。そうだろ？」

「ですから、そんなことはしていない、と申しているでしょう」

シラを切っているのだ。だが、このままつづけても水掛け論になるだけだ。

「とにかく、帰る」

腰を浮かそうとしたところを、冴子に引き留められた。

「こんな時間に下山なんて、自殺行為だわ。長田にも言われています。高野さんには今夜はゆっくりしていってもらいなさいと」

「そうですよ。こんな時間に帰したら、わたしどもが怒られてしまいます」

友美が追い討ちをかけてくる。

確かに、真っ暗闇のなかを下山するのは、危険極まりない。では、どうすればいいのだ。ここに一泊するしかないのか？

ハッと思いついて、言った。

「そうだ。『山際館』に連絡を入れないと」

「ご心配には及びません。わたしどものほうで、旅館には連絡を入れてあります。高野さんは今夜はうちの社屋にお泊まりになると」

「やけに手筈がいいな。最初からそのつもりだったんだな」

「違います。高野さんがお起きになる気配がないので、長田が気を利かして連絡をしたんです」

言いながら、冴子がベッドにあがった。右側からは、友美が同じように身を寄せてくる。

「おい……？」

「長田の言いつけです。今夜は、高野さんを愉しませてあげなさいって……」

友美がぱっちりした目の眦《まなじり》をさげて微笑み、下腹部に顔を埋めてきた。

「よせ！」

反射的に撥ね除けると、腕がまともに肩を突いたらしく、友美が見事なまでにベッドから転がり落ちた。

「あっ……ゴメン」

思わず謝ると、床の絨毯《じゅうたん》から、友美が這いあがってきた。

「すみません。友美がいけなかったんです。急にあんなことをして……」

「いや、私がやりすぎたよ」

「ゴメンなさい。言いつけどおりにしないと、長田に怒られるから」

「そんなに、長田という男は厳しいのか？」

「ええ……命令を守らなかったからって、半殺しにあった人を見ています」

長田の冷血動物を想わせる不気味な目が浮かんだ。あいつなら、やりかねない。

「じゃあ、わたしは高野さんのためにお飲み物を用意しますね」

左側から、冴子の声がした。

冴子がベッドから降りて、部屋の奥に向かう。

見ると、部屋の一角には白いソファと透明なガラステーブルが置いてあり、その向こうがカウンターになっている。

冴子がカウンターのなかに入って、冷蔵庫から飲み物を取り出して、何やら作りはじめた。

「高野さん、友美、長田に半殺しにされたくないんです」

一直線に切り揃えられたボブヘアのすぐ下で、大きな瞳がすがりつくような感情を宿して、真っ直ぐに見つめてくる。

高野の温情につけこもうとしているのかもしれない。だが、もし事実だとしたら、突き放すわけにはいかない。それに、シースルーの布地を持ちあげた大きなふくらみと頂の突起が、高野の欲望を駆り立てる。

うなずくと、友美は高野の顔面に顔を寄せてきた。

額から頬にかけて、ちゅっ、ちゅっとキスをおろし、唇を舐めてくる。

「はぁああ……」

と、甘い吐息とともになめらかな舌で上唇を丹念になぞられ、歯茎さえも舐められる。

これほど若くかわいい女の子にキスされたことなど、記憶にない。

二人を受け入れることが、長田の術中に嵌まることであるのも、だいたいわかっている。だが、高野には強く撥ねつけるだけの理由がない。

長田は、新種の蝶を保護して、楽園を作り、高野にその園長になることを望んでいるのだ。多少の人道的な問題はあるのだろうが、蝶マニアの高野にはこれ以上の待遇はないし、また、ネオタカノモルフォにとっても最高の状況である。

さらに、長田と組めば、こんないい女を日常的に抱けるのだ。

それに逆らえる男がいるとは思えない。いたとしたら、偽善者だ。

「ぁあぁ、高野さん……」

喘ぐように言って、友美が唇を重ねてきた。

若い唇はサクランボのように赤く、プディングのように柔らかい。

友美は唇を窄めて、ついばんでくる。それから、おもむろに舌を差し込んできた。

不器用な高野も、舌をからめるというよりぶつけていく。想像以上に小さな舌が懸命に応えてくる。

そのけなげさが、高野を昂らせた。

我を忘れて、舌をぎこちなく重ねているうちに、不覚にも股間のものが力を漲らせてきた。

すると、友美もそれを感じたのか、キスをしながら、下腹部のものを握ってきた。

強弱つけて握りながら、一心不乱に舌をからめてくる。

友美も『ムラノエキス』を摂取しているのかどうかはわからないが、稚拙ながらも一生懸命に高野を昂奮させようとするその努力は感じる。

長いキスを終えて、友美は顎から首すじへと舐めおろし、さらに、胸板の乳頭を舌で弾くようにして、愛撫してくるのだ。

「ぁあぁあぁ、ぁぁあああ……」

と、吐息とも喘ぎともつかない声を洩らし、大胆に高野の乳首を舐めあげてくる。

左右の乳首を唾液で湿らせ、口に含んで、ちろちろと舌を躍らせる。

相手はまだ二十二、三歳のアイドルとしてもデビューできそうな可憐な女の子である。これまで体験していなかったことだけに、感激は大きい。

さらさらの黒髪で胸板をくすぐられ、なめらかな舌で乳首をこねまわされるうちに分身はどんどん硬化してくる。

友美の舌が乳首を離れ、唾液を垂らしながら、下へ下へとすべっていき、待望の肉棹に届いた。

いきなり温かい口腔に包まれて、あまりの快美さに、

「うっ……ぁあぁぁぁ」

と、女のような声を洩らしていた。

友美はゆっくりと何度か往復させると、ちゅぱっと吐き出した。

それから、指で尿道口をひろげ、その割れ目に向けて唾液を垂らした。滴り落ちそうになる唾液を割れ目に塗り込めるように、なぞってくる。

肉棹の根元を握ってしごきながら、鈴口を丹念に舐めつづけた。

いったん顔をあげ、自分の行為がもたらす効果を確かめるような目で高野を見あげ、感じていることがわかったのだろう、安心したようにまた頬張ってくる。

「うんっ、んっ、んっ……」

と、たてつづけに唇をすべらせて肉棹を追い込むと、吐き出して、白のワンピースに手をかけて首から抜き取った。

ぶるんとこぼれでた巨乳に、目を見張った。

どうしてこんな小顔のかわいい子に、Fカップはあるだろうたわわな乳房がついているのか？

そこで、友美は上へと身体をずらし、巨乳を手でつかんで差し出すように言った。

「舐めてください。乳首と全体を」

乳房を預けてくるので、高野は魅入られたように貪りついていた。

柔らかい肉層がたっぷりの乳肌を揉みしだきながら、先端を口に含んだ。かるく吸っただけで、

「あああぁ……あうぅぅ……気持ちいいの」

友美は心底感じている声をあげる。

揉んでも揉んでも底の感じられないたわわな肉を軋《きし》ませながら、乳首を舌で上下左右に弾いた。

「あっ……あっ……ああんん……感じる。感じるの……」

陶然とした声をあげて、友美は裸身をくねくねとよじる。

敏感である。やはり、あのサプリを摂っているのだろうか？

そんなことを思いながら、左右の乳首ばかりか、乳房全体も舐めて、唾液でまぶしていく。

友美は上体をあげて、自らの唾液を乳房に塗りつけていく。

グレープフルーツに似た巨乳が唾液で妖《あや》しいほどにぬめ光ってくると、いったん腰を浮かして、尻を向ける形でまたがってきた。

ぐっと前に屈んで、左右の乳房で肉棹を挟みつけるようにして、覆ってくる。

臍に向かっていきりたつ肉柱を両方の乳房で包み込み、胸を揺すり、硬直をしごいてくる。

パイズリである。

パイズリなど、長い人生で一度あったか、どうか……。

今度は左右の乳房が互い違いに揺さぶられた。一方がさがったときはもう片方があがる。そうやって、肉棹をしごかれると、ぐにゅん、ぐにゅんした柔肉の層が強めに肉棹にまとわりついてきて、まるで天国で愛撫を受けているような心地よさである。

顔を持ちあげると、目の前にこぶりの尻がせまっていた。

そして、尻たぶの底には清新な形状をした女のとば口が、鮮やかなピンクの内部をのぞかせている。うっすらと開いた内側はすでに濡れそぼっていて、粘膜がきらきらと光っている。

「ぁああ、ああん……乳首が擦れて気持ちいい」

友美が尻を横揺れさせた。

確かに、屹立にしこった乳首が触れているのが感じられる。

(ええい、こうなったら……)

このときすでに高野は、この建物の内部で行われている尋常でない出来事に、からめとられていたのかもしれない。

目の前の亀裂にしゃぶりついていた。

尻を抱え込むようにして、双臀の間に顔を埋め、舌全体で割れ目をなぞりあげる。

わずかに酸味の効いたヨーグルトの味がして、

「ああうぅ……」

友美が気持ち良さそうに背中をしならせた。

高野は陰唇に指を添えて、ぐいとひろげた。すると、珊瑚《さんご》色の粘膜がぬっと現れて、その中心に舌を走らせる。

「あっ……ああん……いや……感じる。感じすぎるの」

友美はますます尻を突き出して、もっととばかりに濡れ溝を擦りつけてくる。

メスを悦ばせたいというオスの本能に駆られ、高野は貪るように舌をつかった。

濡れ溝に沿って舌を走らせ、下方で息づいている肉芽を莢ごと口に含んでチューッと吸う。もぐもぐと揉みしだき、吐き出して、包皮を指で剝く。

姿をのぞかせた赤い突起を舌先で撥ねあげ、横に弾く。

「あっ……あっ……ぁあうぅ、電気が走る」

友美はそのたびに、びくん、びくんと腰を痙攣させる。すでに勃起をしごく余裕もなくなり、ただただ握りしめたままである。

「ああん、欲しいよ。このカチカチが欲しいよ」

友美はもう我慢できないとばかりに腰をぐいぐいと突き出してくる。

ならばと、高野は体を抜き、友美の後ろに張りついた。

正面に、冴子の姿が見えた。

冴子はひとり掛けのソファ椅子の肘掛けに左右の足をひろげて置いて、しどけなくのぞいた恥肉に、自らの長い指を挿入していた。

「いいのよ、友美にしてあげて」

こちらを見て言う冴子の切れ長の瞳は、すでに熱をたたえて潤んでいる。

凜々《りり》しい秘書の突然の淫乱ぶりに驚き、性感を煽られて、高野は猛りたつ。

「ああ、ください……ください」

友美が尻を振ってせがんでくる。

尻をつかみ寄せて、いきりたちを打ち据えた。

硬直が狭いとば口を割り、内部の細道を押し広げるようにめりこんでいき、

「うあっ……」

友美が低く、獣染みた声を放った。

高野も歯を食いしばっていた。この地で抱いた女性同様に、体内は熱いと感じるほどで、その温かさが心地よい。

しかも、入口と途中がきゅ、きゅっと締まって、侵入者を適度な圧力でもって包みこんでくる。少しでも動かせば、洩らしてしまいそうだった。

もたらされる快感を味わいながらじっとしていると、

「あああぁ……ねえ、ねえ」

友美がもどかしそうに腰を横揺れさせ、さらに、前後に打ち振った。

膣肉が屹立にまとわりつきながら、微妙に擦りあげてきて、せかされるように高野

は腰をつかっていた。

ハート形のぷりんとした尻たぶをつかみ寄せて、逸《はや》る気持ちを抑え込みながら、怒張を打ち込んでいく。

抜き差しをするたびに、小さな肉びらがめくれあがり、押し込まれ、蜜まみれになった肉柱が出入りするさまが真下に見える。

そして、友美はほんとうに気持ち良さそうに声をあげ、硬直が自分の体内をうがつのを心から悦んでいるように見える。

やはり、これも媚薬効果なのだろうか？　おそらく、友美も冴子も媚薬である『ムラノエキス』を摂取しているのだろう。

そのとき、冴子が近づいてきた。

片手に持ったコップを満たしている透明な液体を、四つん這いになっている友美の唇に寄せると、友美はごくっ、ごくっと貪るようにそれを飲んだ。

続いて、半分ほど残っている液体を、冴子が一気に飲み干した。

「今のは？」

思わず訊くと、

「ふふっ、ただの水よ」

冴子は口角を吊りあげた。

だが、それが『ムラノエキス』であったことは明白で、友美は腰を大きく前後に打ち振って、

「ください。奥まで、友美を貫いて。串刺しにして」

いっそう激しく求めてくる。

いくら何でもこんな即効性はないと思うのだが、おそらく、暗示効果というやつだろう。これを飲めば性が解き放たれるという実感が、彼女をこうさせるのだ。

冴子はコップを置いて戻ってくると、友美の前に足をひろげて座った。

そして、友美は何も言われなくとも、身を屈めて、冴子の太腿の奥に舌を打ちつけはじめた。

冴子は白衣の裾をまくりあげて、下半身をさらし、繊毛の翳りが張りつく下腹部をせりあげるようにして、友美に舐めさせている。

（……二人はレズビアン？）

二人の息の合った行為を目の当たりにすると、そう思わざるを得ない。

もしあのサプリがその女性の性的嗜好を顕著にする役割があるとしたら、レズビアンだって同じだろう。

「そうよ、そこ……上手いわ。友美、上手よ。ああ、気持ちいい……痺れる。溶けていくわ……ぁあああぁぁ」

喘ぐように言って、冴子はストリッパーがやるように、仰向けになって両足を開いて踏ん張り、下腹部をぐいぐいと押しあげる。

美貌の秘書の昂るさまに、高野も大いに性感をかきたてられた。

しばらく中断していた抽送を再開して、ゆっくりと確実に屹立を友美の中へ埋め込んでいった。いっそう潤みを増した膣肉を肉棹で奥まで突き、そして、引き抜いていく。

すると、友美は「ぁあぁぁ……いい」と声をあげて、背中をしならせる。

「友美！　舌がお留守になってるわよ」

「ああ……すみませんでした」

謝って、友美はふたたび冴子の恥肉にしゃぶりつく。

高野がまた腰を強く叩きつけると、

「あんっ、あんっ、あんっ……ぁぁああ、響いてくるの。たまらない。たまらないよ」

友美はクンニできなくなって、背中を弓なりに反らせる。

「淫乱ね、あなたは。おチンチンを入れられると、おしゃぶりもできなくなる」

冴子は下半身を抜き、友美の髪をつかんで上体を引きあげた。

高野は冴子にうながされて、友美の両肘をつかんで、その姿勢を保たせた。すると、冴子は友美に対してキスを顔面から首すじ、巨乳へとおろしていく。たわわな双乳を揉みあげ、頂にキスをして、舌で転がす。

「ぁああ、いい……お姉さま、いいの。友美、おかしくなりそう」

「いいのよ。おかしくなって……ここでは、すべてが許される。一緒に天国に行きましょ」

冴えざえとした美貌にぞっとするような笑みを浮かべて、冴子は右手をおろしていき、屹立が嵌まり込んでいる接合地点に指を走らせる。

「おおぅぅ……！」

高野は目を剝いた。

冴子の細くて長い指が、膣肉に挿入している肉柱をなぞってきたのだ。しなやかな指が膣からはみだしている肉茎にからみつき、小刻みにしごいてくる。

こんなことは初めてだ。

キスの音がする。見ると、冴子と友美が唇を合わせていた。

冴子は右手を伸ばして、接合地点をまさぐりながら、友美と熱烈なキスを交わしているのだ。

そうなると、高野もますますいきりたってしまう。

抜けないように気をつけながら、ぬるぬるの体内を怒張で突きあげる。

「くっ……うぐぐ……くっ……」

くぐもった声を洩らしていた友美が、我慢できないとでも言うように唇を離した。二人の唇の間に唾液が糸を引き、たらっと垂れ落ちていく。

高野がここぞとばかりに連続して突きあげると、

「あんっ、あんっ、あんっ……ああ、気持ちいい。お姉さま、友美、気持ちいいよ」

友美が訴える。

「しょうがない子ね。わたしも参加するから」

冴子が接合地点におろしていた指を動かした。

驚いた。膣内の勃起に冴子の指を感じたからだ。

そう、冴子は中指を膣に押し込んだのだ。高野の肉棹に沿って指を立たせて、抜き差しをはじめた。

「高野さん、あなたも」

言われて、高野も腰を撥ねあげる。

膣の潤みきった感触と同時に、女の指を感じる。

そして、友美はますます昂ったのか、

「ああん、いい……お姉さまの指とおチンチンが一緒に犯してくる。初めてよ、こんなの初めて」

「そんなにいいの？」

「はい……へんな感じ。でも、それが気持ちいいの。ああん」

友美も自ら腰を上げ下げして、味わおうとする。

冴子が、友美の乳房にしゃぶりついた。

肩越しに見える痛ましいほどに尖った乳首を舐め転がしながら、股間に挿入した指を肉棹とともに動かす。

すると、友美の気配が変わった。

「ぁああ、ああ……いい。いい……イッちゃう。お姉さま、友美、イキます」

「いいのよ。気を遣って……お姉さまの指で天国に行きなさい」

冴子の指づかいが激しくなり、膣壁とともにクリトリスを擦りあげているのがわかる。

「いい……いい……イク、イク、イッちゃう！」

「イキなさい」

冴子がストロークとともに指でぐいと膣を掻いた次の瞬間、

「くっぁ……！」

友美は顎をせりあげ、のけぞりかえった。

ガクン、ガクンと揺れてから、ドッと前に突っ伏していく。

4

ベッドにうつ伏せになって横たわる友美を見ながら、冴子が近づいてきた。

呆然としている高野の肩を押して、仰向けに倒し、馬乗りになった。

冴えざえとした美貌が高野を見おろしてくる。アーモンド形の目が熱をこもらせたように潤み、炯々《けいけい》とした眼光を放つその瞳から目が離せなくなった。

冴子は、高野の両手を頭上に押さえつけて、言った。

「口を開けなさい」

高野は、彼女の放つ圧倒的なオーラに呑まれていた。

口を開けると、冴子は口をもぐもぐさせていたが、やがて、唾液が糸を引きながら落ちてきた。

喉に直撃した女の唾液をこくっと嚥下《えんげ》する。

生温かくて、喉越しのいいぬらつきが、体内に落ちていく。

冴子はつづけざまに唾液を落とし、高野は噎《む》せそうになりながらも必死に受け止めて、与えられた恩寵《おんちょう》を呑んだ。

不潔感とかいやだという気持ちはまったくない。むしろ、冴子との距離が急速に縮まったような気がする。

と、冴子が顔を舐めてきた。それも鼻をだ。

舌がぬるっと貼りつき、舌先が鼻孔の入口にすべり込んできた。

唾液独特の匂いが息を吸うたびに嗅覚を刺激して、高野はまるで子犬が親犬に鼻を舐められているようだと思った。だが、この親犬は柔らかくてしなやかで、メスのやさしさと淫らさに満ちている。

なめらかな舌が遠ざかっていき、

「舐めなさい」

冴子が胸を鼻先に差し出してくる。

目の前で、布地を持ちあげた胸のふくらみが肌色を透け出させ、中心よりやや上についた乳首があらかさまにその突起を浮かびあがらせていた。

冴子がさらに乳房を擦りつけてきた。

高野の両腕は頭上で押さえつけられていて、手は自由にならない。ままならないことに苛立《いらだ》ちを覚えながらも、唇に触れた突起に貪りついていた。

「うっ……！」

冴子が喘ぎを押し殺した。

いっぱいに出した舌でなぞりあげると、布地越しに乳首がカチカチになっているのがわかった。そして、舐めるにつれて唾液を吸い込んだ薄い布地が、いっそうぴたりと尖りに密着して、色や形がいやらしく透け出てきた。

冴子は乳房を預けながら、上から、高野の様子を冷静な目で観察している。その鉄面皮《てつめんぴ》を剝がしたくなって、全神経を舌先に集めた。

上下になぞり、横に弾いた。

頬張って断続的に吸い込み、甘噛みした。

乳暈《にゅううん》に歯を立てて、なかで乳頭を舌で押し潰さんばかりにしたとき、秘められていたものが堰《せき》が切れたように流れ出した。

「……くっ、くっ……ぁあぁうぅぅぅぅ……あっ、あっ」

高野の両手首に体重を預けながら、冴子はビクッ、ビクッと身体を震わせる。

「ああぁあ、ぁああぁ……いい。あなたの舌、感じる」

すべすべした喉元をさらした冴子が、こらえきれないとでも言うように高野をまたいだ下半身を揺らし始める。

高野はもう片方の乳首も同じように舐め転がす。冴子は快感に酔っているような声をあげつづける。

そして、高野の腹部に触れている女の秘所が濡れてきて、その潤みをはっきりと感じる。

唾液を吸った布地が貼りついて、突起どころか乳肌のピンク色さえあらわになった頃になって、ようやく、冴子は胸を遠ざけた。

立ちあがり、向かい合う形で高野の顔をまたぐ。白いワンピースをまくりあげながら、しゃがみ込んできた。

M字に開かれた太腿の間に、黒々とした翳りが繁茂し、縮れ毛が流れ込むあたりに女の亀裂がぱっくりと口をのぞかせていた。

赤い淫ら口は妖しくぬめ光りながら、うごめいていて、その持ち主が知性派美人であるがゆえに、高野の劣情をかきたてずにはおかないのだ。

「舐めて、わたしのオマ×コを」

そう言って、いっそう低く腰を落とした。

こんな美人の口からそのものズバリの俗語が放たれたことに驚きとともに昂りを感じながら、ぬっとひろがった粘膜の海にしゃぶりついていた。

舌先を尖らせて、狭間《はざま》をなぞった。

肉芽をピンと弾くと、「あんっ」と鋭く反応する。

ぬめる尿道口から、わずかに内部をのぞかせる肉孔へと舌を懸命に走らせた。奴隷のように奉仕するのはこんな感じなのかと思った。

舐めきれない蜜が粘りながら滴り落ちてきた。垂れてきた蜜をすくいとり、それを塗り込めるようにクンニをつづける。

「ぁああ、いい……たまらない。いいのよ……」

恥肉がさがり、腰が前後に振られた。

高野は顔面を濡れ雑巾のようなもので擦られながらも、懸命に舌を出して応戦する。

舌の表面をそぼ濡れた粘膜がぬるっぬるっとすべっていく。

腰の揺れが少しずつ速くなっていって、

「ああ、いや……恥ずかしいわ。止まらない、止まらないのよ。ああん、どうにかして」

高野は両手で腰をつかんで引き寄せながら、尖らせた舌を膣肉へと潜り込ませる。

浅瀬にぬぷぬぷと舌を往復させると、

「ああ、それ！……はうぅぅう、いい、いい」

冴子は箍《たが》が外れたように腰を乱舞させていたが、やがて、腰を浮かして下半身をまたいだ。

「あなたを犯したいの。いいわね？」

高野はうなずいた。女に犯される体験をしてみたかった。

信じられないことに、高野のイチモツは臍に向かっていきりたっていた。まるで、若い頃のようだ。

冴子は肉棹を導いて、ゆっくりと沈み込んでくる。カリがとば口を割り、ぬるぬるっと女の蜜壺に吸い込まれていく。切っ先が奥まで届くと、

「ぁああうぅぅ……突き刺さってくる」

冴子は上体を真っ直ぐに立て、わずらわしいとばかりに白衣を首から抜き取った。ヴィーナスのように均整が取れた美しい裸身であった。

冴子が動き出した。

膝をついて、腰を前後に振っていたが、それでは物足りないとでもいうように膝を立て、蹲踞《そんきょ》の姿勢を取る。

前屈みになって、尻を浮かした。

肉柱の切っ先ぎりぎりまで膣肉を引きあげ、そこで、亀頭冠のくびれを刺激するようにくなくなと動かす。そこから、静かに一センチ刻みで腰を落とす。

根元まで呑み込み、「ぁああぁぁ」と喜悦の声をこぼし、恥肉を擦りつけるようにしてぐりぐりと腰をまわした。

また、一センチ刻みで引きあげ、今度は一気に腰を落とす。

次第にその繰り返しのピッチがあがり、ついには弾《はず》みをつけて腰を激しく上下動させる。

腹の上で飛び跳ね、乳房もぶるん、ぶるんと縦に揺れた。

ゆるやかなウエーブを描く黒髪も踊る。知性派美人なだけに、女の貞淑《ていしゅく》さをぶち破るようなふしだらな所作が、高野を煽り立てた。

高野が下から突きあげようとすると、

「ダメ。わたしがあなたを犯しているのよ。勘違いしないで」

高野を見つめる切れ長の目は、妖艶《ようえん》で、なおかつ、爛々《らんらん》と輝いていた。

冴子は後ろに手をついて、のけぞりながら腰をしゃくりあげた。

反対に前屈みになって、高野を見おろしながら、腰をぐいぐいと揺すりあげた。

高野は乳房を揉むことも、腰を律動させることも禁じられていた。ただただ受け身でされるがままの状態であることが、自分が女になったようなマゾ的な感覚を生む。

「どう、気持ちいい?」

冴子が上から表情を覗き込んでくる。

「ああ、気持ちいいよ」

「イカせてあげる。遠慮しないで、出していいのよ。これはどう?」

冴子は上から、高野の肩を押さえつけ、尻を上げ下げする。しかも、落としきったところで腰をグラインドさせるので、高野も次第に追い込まれていった。

甘い疼きが切羽詰まったものになり、熱いものが噴きあがる気配がある。

無理やり、搾り取られるという感じであった。だが、初めて味わうその感覚がどこか快適でもある。

「ああ、いい……たまらない。腰が動く……ああ、ああ……気持ちいいでしょ？」

訊かれて、高野はこくこくとうなずく。

冴子は上から高野の肩を押さえつけ、刺すような観察するような目を向けていたが、やがて、上体を真っ直ぐに立てた。

自ら両の手で乳房を荒々しく揉みしだき、同時に腰から下を何かにとり憑かれたように激しく前後させる。

カチカチになった分身が根元から揺さぶられ、内部の痙攣するような締めつけにあって、高野も追い込まれた。

「くうぅぅ……」

と女のように呻き、顔をのけぞらせて目を瞑る。

「イキなさい。搾り尽くしてあげる。あなたの汚い精液を搾り取ってあげる……ぁあ
ああ、ああ……いや、イッちゃう。イク、イク、イッちゃう！」

冴子が何かに憑かれたように腰をつかう。

最初に達したのは、高野だった。我慢が喫水線《きっすいせん》を超えて、次の瞬間、熱い濁流が昇ってきて、先端から噴き出した。

「ぁおおおっ……くわっ」

射精の快感に貫かれていると、

「イクぅ……あっ！」

冴子も達したのか、がくん、がくんと上体を揺らした。同時に、膣肉が収縮して、射精中の肉茎を締めつけてくる。

まるでオコリにかかったように、冴子はしばらくの間痙攣していたが、やがて、精根尽き果てたように前に突っ伏してきた。

第四章　女将の濡れた瞳

1

翌日の午前中、高野はS開発の社屋を出発し、蝶の食草となるムラノオオクサを大量に採取して、旅館に向かった。

長田からは『山際館』を出て、ここに来なさいと誘われていた。ここなら、幻の蝶がすぐ近くにいるのだから、捕らえるのも容易だろうと。

確かに、旅館を拠点にしていては、山を登るのに数時間かかる上に、日が暮れないうちに帰らなければいけないので、時間の大いなる無駄である。

だが、そうなれば、自分は完全にS開発に与《くみ》することになり、対立している村長グループとは敵対関係になる。

女将の美鈴は村長と仲がいいようなので、美鈴との関係も悪化するだろう。

高野は自分が美鈴に惹かれていることを自覚していた。

昨夜、S開発の社員である二人の美女を抱いた。めくるめく素晴らしい時間だった。だが、終わって、何となく寂しさを感じたのは、自分がほんとうに身体を合わせたい相手、即ち美鈴以外の女を抱いたからではないか？

旅館を出て、社屋に来るべきか、それとも……。

はっきりと決めきれないまま、高野は山を降りて、『山際館』に到着した。

女将と顔を合わせるのがいやで、こっそりと部屋にあがった。

ケースに入れて部屋に置いてあるムラノオオクサに目をやると、緑色に黒と黄色の斑点《はんてん》のある幼虫が、葉の裏について、葉を食べていた。

三つの卵がすべて孵化《ふか》したようで、三匹の不気味な姿をした芋虫が活発にムラノオオクサを食べている。

（イケるぞ、これは！）

幼虫が無事サナギになり、成虫になった瞬間に殺して展翅《てんし》すれば、鱗粉ひとつ取れていない、カンピンと呼ばれる成虫の標本ができあがる。

そうなれば、新種として発表するときも、完全な写真を載せられる。新種の発表は基本的に学会誌上となる。その前に、蝶の研究家に託して、属、種などを特定する必要があるのだが、それは大学の研究室に勤めている知り合いの学者がいるから、彼に頼めばいい。

　夢が現実に近づいた。

（やはり、S開発にお世話になろう。村長や女将には申し訳ないが、仕方がない）

　決心して、荷物をバッグにまとめていると、ドアをノックする音がして、

「美鈴ですが。よろしいでしょうか？」

　女将の声がした。

「……どうぞ」

「失礼いたします」

　美鈴が入ってきた。淡い小さな柄の落ち着いた着物に帯を締めて、畳を白足袋《たび》で擦るように歩いてくる。

　高野が荷物をまとめているのを見て、

「ここをお出になるんですか？」

「いや、そういうことでは……」

「お話ししたいのですが……」

「じゃあ、こっちで」

　高野が広縁の椅子に座って、正面の椅子を勧めると、美鈴は「失礼いたします」と断わって、籐椅子に浅く腰かけた。

髪を後ろで結ったその美貌が、きりりと引き締まっている。

「昨夜は、S開発に泊まられたんですね。常務の長田さまから連絡がありました」

「ええ……すみません。蝶の採集に夢中になっているうちに、日が暮れてしまいまして。本来なら、自分で連絡をするべきところを、長田さんがしていただいたようで」

高野は核心には触れずに、言い訳をした。

「ということは、長田さまとお話をなさったんですね？」

「ああ、はい……まあ」

「そこで、何かを決められたんですね。たとえば、S開発の社屋に移るとか……」

美鈴が、畳の上のバッグをちらりと見た。

的中しているだけに、高野は無言を貫くしかなかった。

確信を持ったのだろう、美鈴が腰を浮かして近づいてきた。

高野の前にしゃがみ、その手を取った。

「高野さん、彼らは間違っています。彼らはほんとうに汚い手を使って、この自然に恵まれた土地を自分たちの思うがままに変えようとしています」

「汚い手と言うと？」

「……もしかしたら、高野さんも昨夜、ご経験なさったんじゃありませんか？」

刺すような目を向けてくる。

肉弾接待のことを指しているのだろうか？　いや、美鈴が知るはずはない。

「何もないですよ、こっちは……。他に何かあるんでしょ？」

訊くと、美鈴は何か言いかけて、口を噤《つぐ》んだ。

ややあって、美鈴が言った。

「もう、ご存じなんじゃないですか？　彼らがやろうとしていることを」

「………」

「ご存じなんですね。ムラノオオクサを使った媚薬のことを」

「……あなたも知っているんですね」

美鈴が静かにうなずいた。

「そうか……」

あれだけ大がかりなことを進めているのだから、情報は漏れても不思議ではない。

「わたしたちは断固反対しています」

「でも、村には莫大な税金が入るはずだし、村おこしにもなるんじゃありませんか？」

「たとえ、それで村が潤ったとしても、彼らはそれに乗じて、この村を思うままに操ろうとするでしょう。S開発中心の村へと変えていくことは目に見えています。この村は貧しいんです。大金をちらつかせれば、村人の心を買うのは難しいことではありません」

美鈴が、高野の手を両手で握って、見あげてきた。

すべすべで柔らかな手に包まれて、高野はドキドキしながらも、美鈴の言葉を聞いた。

「高野さん、彼らに何か言われましたか？　隠さずにおっしゃってほしいんです」

美鈴の真剣な眼差しに、高野はここでシラを切ることは不誠実だと感じた。

「新種の蝶を保護すると。蝶の楽園を作るので、私には園長になってすべてを管理してほしいと……それが、村おこしにもつながるのだと言われました」

「……それで、高野さんは？」

「まだ、はっきりとした返事はしていません」

「でも……今、荷造りをされて、ここを出ようとなさっていた」

「それは……」

「もう少し待っていただけませんか？」

美鈴が必死の形相で、手をぎゅっと握ってきた。

自分のくだした決断とは矛盾するようだが、この人は裏切れない、と感じた。

「わかりました」

「よかった！　ありがとうございます……もう少しで、村長がいらっしゃるので、話を聞いていただけませんか？」

「村長を呼んだんですね？」

美鈴がうなずいた。

村長の言葉を聞けば、決意が鈍《にぶ》るだろう。だが、美鈴のことを思うと、断わることなどとてもできない。

「お願いです。こちら側の言い分も聞いてやってください」

「……いいですよ。そうします」

美鈴が「こちら側」と自分と村長をひとまとめにしたのが気に食わなかった。

「あの……女将さんは村長とどのような関係ですか？」

思わず訊いていた。

「同志です。同じ考えを持っています。それだけですよ。高野さん、へんに勘繰っていらっしゃる」

「いや、そういうわけでは……そうですか。同志ですか」

「では、そろそろ村長が着く頃ですので、下に降りていますね」

「ああ、そうしてください」

美鈴は立ちあがって、高野の手を離し、部屋を出ていった。

しばらくして、村長の斎藤がやってきた。

わざわざ部屋まであがってきてくれて、座卓の前に向かい合って二人は座る。

美鈴が冷えた麦茶の入ったコップを、二人の前に置いた。立ち去ろうとするところを、斎藤が呼び止めた。

「あなたも話し合いに加わってもらえないか？」

「……高野さんさえよろしければ」

「私はかまいませんよ」

「では、お言葉に甘えさせていただきます」

美鈴が座卓の前に正座した。

斎藤は厳しい表情をしていた。美鈴から、高野がS開発に取り込まれそうだということを聞いているのだろう。

「例の蝶、ネオタカノモルフォはどうなりましたか？」

「まだ、捕まえてはいません。ただ、これを見てください」

ケースのなかで、ムラノオオクサを毒々しい三匹の幼虫がさかんに食べている。

「これは、あの蝶の幼虫です。順調に育てば、成虫になります。そうなれば、成虫を捕まえる必要もありません。新種の蝶は晴れて認められるでしょう」

「それは素晴らしい。よかった」

「ありがとうございます」

斎藤は少し間を取って、本題を切り出した。

「どうやら、高野さんはS開発に誘われているようだから、私どもの進めようとしている村おこしについて、お話しいたします。じつは……」

村長をはじめとした数人の中心人物は、ムラノオオクサに催淫効果があることに気づいているのだと言う。美鈴が知っていたのだから当然だろう。

「S開発は、それを女性の媚薬として商品化し、莫大な利益を得ようとしている。しかし、私たちの考えは違う。私たちはムラノオオクサを村の女性に供給することで、彼女たちに働き盛りの男たちをつなぎ止めておいてもらいたいと考えている。男は魅力的な女のもとにいたいものだ。そうじゃないか？」

「確かに……」

現に、自分がS開発に吸収されるのをふせいでいるのは、美鈴という極めて魅力的な存在である。

「つまり、私たちはムラノオオクサを公《おおやけ》にはしたくないんだ。それが判明したら、ムラノオオクサの奪い合いがはじまる。乱獲が行われて、あっと言う間にムラノオオクサはなくなってしまうだろう」

「なるほど……言っていることはわかります。ただ、すでにS開発がそれに気づいて商品化を着々と進めている。ムラノオオクサが公になるのは、時間の問題だと思いますが……」

「だから、それを中止させなければいけないんだ。一刻も早く」

「どうやって？」

「それは……いろいろと考えているんだが……」

斎藤の歯切れが急に悪くなった。

これといった方策が見つからないのだろう。

「もちろん、これだけでは村おこしとして弱いことはわかっている。だから、ここの水を売り出そうと準備を進めている。この山の奥に、湧き水が出るところがあって、飲むとほんとうに美味《うま》い。その水を調べてもらったら、ミネラルなどの極めて健康にいい成分を含んでいることがわかった。それをパイプで麓《ふもと》まで引っ張ってきて、村の水として売り出す予定だ」

なるほど、それなら可能性はある。

「それだけでは弱い。何か他にもと考えていたところに、高野さんが幻の蝶の話を持ってきた。これだとピンと来た。私どもはこの村を『幻の蝶・ネオタカノモルフォのいる村』として観光名所にしたいと考えている。S開発も、蝶のユートピアを作って、あなたに園長になるよう勧めているようだが、私どもも同じだ。いや、村全体で取り組むのだから、高野さんはやりやすいと思う。頼む、村の力になっていただきたい。このとおりだ」

斎藤は後退《あとずさ》って正座し、額を畳に擦りつけた。

どっちを選ぶべきか……。

高野はしばし呆然とした。それから、ハッと我に返り、

「頭をあげてください。困ります。村長のような方にそんなことをされては」

「イエスとおっしゃっていただけるまでは、頭はあげません」

村長は頑なだった。土下座するのは、最終手段である。いかにも、狡《ずる》い。

だが、斎藤は女将の見ている前で、自分のような一介の旅人に頭をさげているのだ。

その気持ちを思うと、心が大いに揺れた。

横に視線をやると、美鈴が複雑な目で二人を見ている。

「わかりました。承知しました。やりますから、頭をあげてください」

そう言ってしまって、自分の弱さをつくづく思い知る。

「ありがとうございます。この前も申しましたように、村は高野さんに全面協力させていただきます。何なりと仰せつけください」

「わかりましたから。どうぞ、頭を」

言うと、斎藤がようやく顔をあげた。

それからしばらくして、村長は帰っていった。

2

夕食を終えて、高野は部屋で休んでいた。

夕食時に、井草日登美が打ち明けたことが頭に残っていた。

『わたし、住民票もこの村に移して、ここに住もうかと思っています。空き家があって安く貸してくれるそうなので』

そう日登美は明言したのだ。ここの穏やかな環境が自分に合っているのだと言う。

『わかりますよ。ここはほんとうにいいところだ』

そう受け答えしながら、高野は日登美はムラノオオクサを摂取することによって、女に目覚めたのだと思った。

日登美はたぶん、まだムラノオオクサの媚薬性には気づいていないだろう。だが、体質が変わってきたという自覚はあるはずだ。

先日、S開発の吉村に抱かれていたシーンを思い出した。もしかすると、吉村にゾッコンなのかもしれない。そうなると、ちょっと厄介なことになる。

いや、他人のことより自分だ。

S開発に肉弾接待を受け、いい条件を出されてその気になっていた。だがそこに、村長からも好条件を提示され、土下座までされて、協力を約束してしまった。

まったく、自分のどっちつかずがいやになる。

両者にいい顔を見せているうちに大変なことになるだろう。どちらからか裏切り者と扱われて、悲惨な目にあいそうな気がする。

(どうしたらいいんだ？)

缶ビール目当てに部屋を出て、一階に降りていく。

廊下を歩いているとき、空き部屋から人の話し声が聞こえた。しかも、女将と男の声である。

(うん……？)

足を止めて、耳を澄ました。

「だから、それはできないと申し上げているでしょ」

美鈴が声を荒らげた。これほど苛立った女将の声を聞くのは初めてだ。

「いいんですかね。このままでは、ここは借金の担保に取られますよ。そして、あなたたちは追い出される」

男の声がドアから漏れてきた。

(うん？　この声は……)

S開発の吉村の声に似ていた。

一瞬、ドアを開けて入っていこうかと思ったのだが、さすがにためらわれた。

だが、話の内容には猛烈に興味がある。

隣室は空き部屋になっている。高野は足を忍ばせて隣室に入り、椅子を境の壁の前に持ってきて、欄間から隣を覗いた。

座卓を挟んで、がっちりした体格をスーツに包んだ男と、美鈴が相対していた。

男はやはり、吉村だった。

吉村は胡座《あぐら》をかいて、座椅子にふんぞりかえっていた。そして、美鈴は神妙な顔でぎゅっと唇を噛んでいる。

吉村が言った。

「こちらは、この建物と土地を破格の値段で買い取ろうというんだ。その金が入れば、借金を返しても余りある。残った金で、どこか新しい場所に移ればいい。いつまでも意地を張ってないで、ここは諦めろ。それとも、何か金を返すあてがあるのか？」

そうか、美鈴さんはどこからか借金をしていて、S開発がこの家屋と土地を高値で買い取ろうとしているわけだな。

おそらく、旦那が生きているときの借金だろう。それを返せないまま、旦那は事故で亡くなった。『山際館』は繁盛しているようには見えない。この状態では、借金を返済するのは難しいだろう。

「とにかく……」

美鈴が吉村を真っ直ぐに見て、

「とにかく、ここは売りません。いくら足を運んでもらっても、無理です。もう、お帰りください」

きっぱりと言った。しかし、吉村が座ったままなのを見て、

「お帰りください！」

美鈴が柳眉を逆立てた。

吉村がしょうがないといった様子で立ちあがった。

美鈴が座ったまま、言った。

「それから……うちの旅館に勝手に出入りするのは、やめてください」

「どういうことだ？」

「お客さまの部屋にあがっていただきたくない、ということです。それから、断りなく、納屋を使うことも許しません」

「……やっぱり、気づいていたか。もっとも、あんたに見せつけることが目的でやっているようなもんだからな」

「だから、そういうことは金輪際、おやめください！」

美鈴の背後を通っていた吉村の足が止まった。

次の瞬間、正座して背中を見せている美鈴に、後ろから抱きついた。しゃがんで、背後から両手を胸にまわす。

「……やめて！」

「ふふ……もう、ぎりぎりのくせに。ずっと我慢してるんだろ？　ムラノオオクサを毎日のように摂って、女将の身体は疼きまくっている。だが、それを慰めてくれる男もいない。旦那を二年前に亡くしてから、あんたは孤閨《こけい》を守っている。どうせ、ここもしこってるんだろ？」

吉村が、着物の白い半襟のなかに右手をすべり込ませた。

美鈴は懸命に前屈みになり、吉村の手を外そうとしながら、いやいやをするように首を振る。

「やめて！　人を呼びますよ」

「どうぞ……かまいませんよ。ほうら……言ったとおりだ。女将の乳首はギンギンにしこってる」

吉村は背後から美鈴を抱え込んで、着物の胸に差し込んだ手を動かしている。

胸元が卑猥に盛りあがり、美鈴はその手を外そうとしているのだが、男の力にはかなわない。

「ほんとうにやめて……人を呼ぶわ」

「だから、どうぞと言ってるだろう……それより、俺の質問に答えろ。いやな男に触られているのに、どうして乳首をこんなにカチカチにしているんだ？」

「……錯覚です」

「いや、錯覚じゃない。現実に、あんたの乳首はコリコリだ。そうら、そら……くりくりまわる」

「やめて……うっ……くぅぅぅ」

「どうれ、前を確かめてみるか」

吉村は左手で、着物と長襦袢《ながじゅばん》の前身頃をまくりあげ、股間に手を差し込んだ。太腿の奥に指が届いて、

「うっ……いけません」

美鈴が太腿をよじりあわせた。

「いけませんだと……そりゃあ、そうだわな。これを知られるのは、恥ずかしいわな。あそこがぬるぬるだもんな」

「嘘よ、嘘」

「嘘なもんか。いい加減に素直になれ。認めたら、どうだ？　自分が男を求めていることを」

なれるぞ」

「違うわ。私はそんな女じゃない」

「相変わらず、しぶとい女だ。言ってるだろう？　俺の女になれ。あんたは未亡人で俺も独身だ。まったく問題ない。結婚しようじゃないか？　俺と一緒になれば幸せになれるぞ」

会話が止み、吉村は我が物顔で、美鈴の胸と股間をいじっている。

美鈴の悲鳴が寸前で、吉村の手で封じ込められた。

「やめて……いやァァ……」

吉村の体が躍った。

美鈴を畳に仰向けに倒して、片手を口にあて、同時に胸のふくらみを揉みしだく。

「ううっ……ううっ……」

足をバタつかせる美鈴。

着物と長襦袢の前が乱れて、真っ白な太腿までもがのぞいた。

(ダメだ。止めないと！)

ついつい成り行きを見守ってしまった自分を叱りつけながら、高野は椅子を降り、部屋を出て、ドアを開けて、隣室に飛び込んでいった。

美鈴に馬乗りになって、手で口を押さえていた吉村が、ハッとしたようにこちらを見た。着物の裾がはだけて、美鈴のむっちりとした太腿があらわになっている。

「何をしてるんだ！　警察を呼ぶぞ！」

怒鳴りつける。

吉村は立ちあがって、高野をギロッとにらんだ。

「何だ、あんたか……うちに移ってくると聞いたんだが、何してるんだ？」

「そんなことはどうだっていいだろ！　とにかく、ここにはもう来ないでくれ。あんたがそういう態度を取るなら、私は絶対にあんたらに協力しないぞ」

「ほう……強気じゃないか。まあ、いい。今回はあんたに免じて、引きさがることにしよう」

吉村は部屋を出る際に、

「また、来るからな」

そう言い残して、ドアの向こうに姿を消した。

美鈴が乱れた着物を直しながら、立ちあがった。

3

美鈴を部屋に連れていった。事情を聞きたかったし、このままひとりでは耐えられないだろうと思ったからだ。

ドアを開けて、和室に入ったところで、美鈴は立ち止まってうつむいた。よく見ると、着物の肩がかすかに震えていた。泣いているのだ。

「大丈夫ですか？」

気づいたときは、その身体をやさしく抱きしめていた。

「ええ……ありがとうございます。助けていただいて……あのままだったら、わたし……」

「ダメですよ。あんな男に隙を見せては」

「はい……」

美鈴の腕がおずおずと、高野の背中にまわされた。

「うれしかったです。彼を追い返してくれて……頼もしいと感じました」

「いや……私なんか」

女将の着物に包まれたしなやかな女体を感じた。この着物の下には、きっと素晴らしい肉体が息づいているのだ。

髪からの椿《つばき》油のような仄《ほの》かな香りが、高野の男をかきたてる。

「吉村には、ずっとせまられていたんですか？」

「はい。きっといやがらせです。彼らはこの建物と土地が欲しくて、いろいろと……うちの納屋を使ったり、部屋まで入り込んで……脅しなんですよ。でも、絶対にここは売りません」

美鈴がきっぱりと言った。

この人と較べたら、自分の人間としての弱さがいやになる。

惚《ほ》れ直した。最高の女だ。

「美鈴さん。こんなときに何ですが、告白します。あなたに惚れた。つきあいたい。自分がいかにあなたを愛しているか、今の事件で身に沁みました。あなたを他の男に渡したくない。こんな男でよければ、つきあってほしい」

自分でも意外に思うほどに、大胆に告白をしていた。

「わたしも高野さんのこと、好きです。そのお歳で、少年のように幻の蝶を追い求めていらっしゃる。高野さんが蝶のことを語るとき、目がキラキラして……亡くなった主人もそうでした。いつまでも、少年の心を持っていた」

「そうですか……旦那さんと一緒だなんて、光栄です」

「でも……」

美鈴が言葉を切った。

「高野さんは、まだ迷っていらっしゃる。S開発につくか村側につくか……S開発のようなお金のことしか考えない会社に協力しようとする人の気持ちがわかりません。ですから……」

美鈴の言うことはもっともだ。ここは、決断すべきときだった。

「それは、私をみくびっていらっしゃる。もう決めていますよ。村側につくことに」

「ほんとうですか?」

「ええ、約束します。S開発の提案は完全に断わるつもりです」

「つもり?」

「いえ、断わります。絶対に」

「あなたを信じていいですか?」

「ええ、信じてください」

きっぱり言うと、美鈴が正面から高野を見た。そして、目を瞑《つむ》る。

(いいんだな……)

高野は睫毛《まつげ》の長い、楚々とした顔に見とれながら、唇を寄せた。

あまりがっつかないように、慎重に唇を重ねていく。

舌をつかうなどとてもできない。こうやって、唇を合わせること自体が、夢のような出来事なのだから。

ただ、美鈴の唇はほんとうに柔らかくて、ぷにぷにしていることはわかる。そして、抑えようとしても息づかいがどうしても喘ぐようなものになってしまうのだ。

唇を離して、ふたたび美鈴を抱きしめた。

美鈴もすがりつくようにして、腕に力を込める。背中に感じるその強い力が、美鈴が自分を信頼しようとしていることの証にも思えてくる。

（美鈴さんも、俺のことを……やはり、夫を亡くして寂しかったんだ。心と身体の隙間を埋めてくれる男を求めていたんだな）

思いをぶつけるように、畳に敷いてある布団の掛け布団を剝ぎ、シーツの上に美鈴をそっと横たえた。

「ああっ、いけません」

糊《のり》の利いた真っ白なシーツに藍《あい》色の着物を身につけた美鈴が、仰臥《ぎようが》している。

着物の裾と白い長襦袢がはだけてむっちりとした太腿がのぞき、内側に折り曲げられた足で必死にその奥にあるものを隠そうとしている。

（やはり、美鈴さんはS開発の淫乱な女とは違う。羞恥心がある）

女性はこうでなくてはいけない――上からじっと見つめた。

すると、美鈴ははにかむように目を伏せたが、しばらくして、心を決めたのか下から真っ直ぐに見あげてきた。

目尻がすっと切れあがったアーモンド形の目は潤みがかり、これから男を受け入れようとする女の哀切さをたたえていた。

この蠱惑《こわく》的な瞳が自分だけに向けられている。夢を見ているのかとも思う。だが、これは紛れもなく現実なのだ。

魅入られたように顔を寄せ、唇を合わせた。

いきなり舌を入れたりしたら、失礼にあたる。そう感じて、愛情は込めているものの、ひたすらやさしく唇をついばんだ。

唇からその下へと、キスをおろしていく。

繊細なラインを描く顎から喉元へと……だが、そこではたと思い当たった。

これが洋服なら、ボタンを外すのも脱がすのも容易である。だが、和服は襟元がきっちりとしているし、きつく締められた帯で着物が留められていて、愛撫をする場所も隙間もない。

脱がせるには、帯を解かなければいけない。そして、高野には帯の解き方がわからなかった。

とまどいながらも、それは見せないようにして、着物の上から胸を撫でさすってみるものの、洋服と較べて和服は生地が厚く、これでは、実感が湧かない。

残る手段は——下半身を攻めるしかない。

右手を帯から下へと移していき、着物の前身頃をまくると、白い長襦袢が現れた。長襦袢をはだけ、膝の内側に手を差し込んだ。

「あっ……いやっ」

美鈴が内股になってその手を締めつけ、いやいやをするように首を振った。

「あなたのためなら何でもします。あなたの味方です。だから私に身をゆだねてください」

湧きあがる思いを言い募った。

「もう一度、キスをしてください。今度は激しく」

美鈴がキスをせがんでくる。ならばと、右手は内腿に残したまま、顔を寄せて唇を重ねた。

美鈴の唇を丁寧に、愛撫するように舐めるうち、

「ぁあぁ……」

抑えきれない喘ぎとともに、唇がほどけた。

舌をすべり込ませると、美鈴は喘ぐような息づかいとともに一心に舌をからめてくる。

(ああ、美鈴さんがこんなに積極的に！)

頭の芯が痺れるような高揚感のなかで、高野も慎重になおかつ大胆に舌をうごめかせ、からませる。

あふれでた唾液が混ざり合い、粘っこい舌が息を合わせて動きまわる。口の角度を変えて、あむあむと頬張るように口を吸い合う。

美鈴の息づかいがせわしなくなり、それまで閉じられていた膝からふっと力が抜けた。この瞬間を待っていた。

右手で太腿に沿ってゆるゆるとなぞりあげていく。

着物の内側に封じ込められていたせいか、太腿はじっとりと汗ばんでいて、どこまでも沈み込んでいくような柔らかな肉とともに、手のひらに吸いついてくる。

太腿の付け根のもっとも豊かな部分に手が届くと、

「あっ……」

ふたたび、太腿がぎゅうとよじりたてられる。

むっちりとした肉層が手のひらを挟みつけ、ずりずりと擦られる。

高野が口を強く吸うと、内腿の力がゆるんだ。そして、右手はその奥の秘境へと引き寄せられる。

ハッとした。そこが潤んでいたからだ。

「恥ずかしいわ。濡れているでしょ？」

唇を離して、美鈴が呟いた。

「ええ……ムラノオオクサのせいですね」

「すべて、ムラノオオクサのせいというわけではありません。高野さんとこうしたいと思っているから、だから……。それだけは忘れないでください」

殺し文句だった。

天にも昇る気持ちで、高野は太腿の内側をその奥に向けて、指で肌を掃《は》くようにすると、

「あっ……」

ビクッとして、美鈴がかすかな声をあげた。

ふたたび、内腿の薄い肌を指腹でそっとなぞると、また「あっ」という喘ぎとともに、女体が震える。

自分の愛撫に応えて、美鈴がこれほどまでに感じてくれている。

高野はふたたび唇に吸いつきながら、手さぐりで太腿の奥をさぐった。

ぬるり……。

あふれでている蜜液で、指がすべった。

（こんなに濡らして……）

狭間を溝に沿ってなぞると、潤みきった肉とも粘膜ともつかないもので、指腹が一切の抵抗なく、ぬるっぬるっと往復する。そして美鈴は、

「うっ……うっ、うぐっ……」

唇を合わせながら、くぐもった声を洩らした。

同時に、恥丘がもどかしそうに上下に揺れ、もっと触ってとばかりに濡れ溝が擦り

つけられる。

高野は唇を重ねながら、左右の肉びらの外側に蜜をなすりつける。スッ、スーッと掃くように指をつかうと、そこも感じるのか、美鈴はさしせまった声を洩らして、びくん、びくんと下半身を痙攣させる。

敏感すぎる身体をしていた。さっき美鈴が言ったように、そのすべてをムラノオオクサの媚薬性のせいにはしたくない。自分が相手だからこそ、こんなに感じるのだと思いたい。

ぬめりをなぞりあげていき、笹舟《ささぶね》形の恥肉の上端にある突起を、包皮ごとまわし揉みした。

ぬらつく肉芽を下から指先で弾くようにして、連続して刺激を与えるうちに、美鈴の気配がいっそう色濃いものになり、

「うっ、うぐぐ……ぁあぁぁ……あっ、あっ……」

ついにはキスすることもできなくなり、顔をのけぞらせて、断続的に喘いだ。

4

美鈴は立ちあがって、帯の結び目に手をかけた。器用に解いて、シュルルッと衣擦

れの音を立てて、帯を外していく。

その間に、高野も浴衣を脱ぐ。

帯を解き終えた美鈴は後ろを向いて、着物を肩からすべり落とした。

光沢のある白い長襦袢が、なよやかな後ろ姿をくっきりと浮かびあがらせて、その腰から尻にかけての優美な曲線に、思わず目が釘付けになる。

それから、美鈴は結い髪に手をかけて、髪止めを外した。漆黒の髪が生き物のように流れて、背中の半ばまで垂れ落ちる。

（美しく、しかも、色っぽい。まるで、ウスバシロチョウだ）

ウスバシロチョウは、高野の好きな蝶のひとつである。

そして、今、自分はこの優美で艶《なま》めかしい蝶を捕らえようとしている。

美鈴が振り返って、掛け布団のなかに潜った。高野もそれを追って、布団に体をすべり込ませた。

上になって、美鈴を見ると、

「信用していいんですね。わたしの味方になっていただけますね？」

美鈴が真意をさぐるように言った。

「もちろん。こんな言い方はよくないかもしれないけど、私にとって、幻の蝶と同じように、いや、それ以上に美鈴さんは大切な人です。それだけは信じてください」

「ああ、その言葉がうれしい……」

美鈴が下からぎゅっと抱きついてきた。

高野はしばらく胸元に顔を埋めていたが、美鈴の腕の力がゆるむと、長襦袢ごと胸のふくらみを揉みしだいた。

下着はつけていないのだろう、薄い布地の向こうに柔らかく、たわわな乳房のたわみと弾力を感じる。

襟元をひろげ、そのまま肩から腕へと剝きおろしていく。

長襦袢がさがって、徐々に乳房の真っ白なふくらみがのぞき、ついには全容がさらされた。

(夢のなかで見たのと同じだ。いや、それ以上に形良く、大きい)

もろ肌脱ぎになった白い長襦袢が腹のあたりにまとまり、現れた上体は、ほっそりと長い首すじからつづくなだらかな肩のラインといい、ほどよく締まったウエストといい、なよやかで大人の女の色気をむんむんと放っていた。

乳房は直線的な上の面を、下側の充実したふくらみが持ちあげていて、やや上についた乳首は茜色《あかね》に色づいて、ツンと頭をもたげていた。

「いや、恥ずかしいわ」

美鈴がふたつのふくらみを手で隠した。

「恥ずかしがらなくていい。きれいな乳房だ。美しい……美しすぎる」

その手を外し、たわわな乳房をおずおずとつかみ、揉みしだく。

薄く張りつめた乳肌からは、枝のように走る静脈が透け出て、その青さが乳白色の乳肌に見事に溶け込んでいる。

手のひらのなかで乳房が肉感的にたわみ、肉の塊《かたまり》が揉みほぐされて揺れ、

「ぁああ……くぅぅぅぅ」

美鈴は声が洩れそうになるのを、手の甲を口にあててふせいでいる。

たまらなくなって、高野は頂の突起にしゃぶりついた。

「くっ……！」

美鈴の声が切羽詰まった。

逸る気持ちを抑えて、乳首を丹念に吸い、舐め転がした。すると、桜色を残した突起が一気に硬くなって、

「ああぁぁ……高野さん、うっ……」

美鈴が顎を高々とせりあげた。

「気持ちいいですか？」

確かめたくなって、訊くと、

「ええ……気持ちいいの。欲しかったわ、ずっと……」

「旦那さんが亡くなってから、もしかして……？」

「ええ、していないの」

「じゃあ、私が二年ぶりの？」

「ううん、もっとになるわ」

「……美鈴さん……」

熱いものが込みあげてきて、高野はその気持ちを乳房への愛撫に変えていく。

乳房をつまんで、くびりでた突起を口に含んだ。ちゅーっと吸い、吐き出すと、唾液にまみれた乳首がぷるるんと躍り、

「あっ……」

と、美鈴が胸を喘がせた。

硬くしこって体積を増してきた乳首を上下に舐め、左右に弾き、そして、舌をプロペラのように旋回させる。すると、舌が微妙に乳首に触れ、擦り、

「ぁあぁ、それ……」

美鈴は胸を持ちあげるようにして、顎を突きあげる。

旦那が亡くなってから、孤閨を守ってきたのだ。だから、先日も食堂であんなことを……。

セカンドバージンを与える相手として、自分を選んでくれたのだ。

高野はもう一方の乳首も同じように丁寧に舐めしゃぶる。舌で転がしながら、片方の乳首にも指で刺激を与える。

以前はこんな面倒なことはできなかった。この村を訪れ、何人かの女性と身体を合わせる僥倖《ぎょうこう》を得て、自分が性的にも急速に成長していっているような気がする。

ぬるぬるになった乳首を乳暈ごと甘噛みして、舌と歯茎で挟んでもぐもぐさせると、美鈴の気配が変わった。

「あっ……あっ……はうぅぅぅぅ」

両手でシーツをつかみ、身体を弓なりに反らせる。

根元にかるく歯をあてて、圧迫すると、喘ぎがますますさしせまってきた。

この人は、多少の痛みも快感に転化させることができるのだと思った。こんなにやさしげな美人なのに、性の感受性に恵まれているのだ。

両方の乳首を指と口をつかって、じっくりと愛撫するうちに、美鈴の肢体が小刻みに震えはじめた。

高野は左右の指先を両方の乳首の頭部に置き、少し力をこめてこねてやる。びっくりするほどにカチカチになった突起がくにくにと転がり、それが気持ちいいのか、美鈴は、

「ぁあぁ……ぁああ……」

と、声を洩らし、下腹部をせりあげた。

「ああ、いや……恥ずかしいことをしてる、わたし、恥ずかしいことをしてる」

長襦袢の張りつく下腹部が上下に振れ、そして、もどかしそうに横揺れする。

(こんなに感じて……！)

高野は乳房を離れて、下半身のほうに移動し、膝をすくいあげた。

白い長襦袢の裾がぱっくりと割れ、仄白い太腿があらわになり、その奥によく手入れされた小判形の繊毛が細長く生えていた。

クンニしようとして顔を寄せると、

「いけません」

美鈴は内股になって、高野の顔を押さえ込んだ。

「シャワーも浴びてないところを、殿方に舐めてもらうわけにはいきません」

真剣な眼差しで言う。

「美鈴さんのここを、純粋に愛したいんだ。こうしたいんだ」

「でも、汚れているわ。失望させるのはいや」

「失望なんて、絶対にしませんよ。あなたが好きなんですよ……信じて、身をゆだねてください。私を信じて」

言って、強引に顔を埋めた。

柔らかそうな繊毛の底に、楚々とした媚肉が息づいていた。

左右対称の美しいオマ×コだった。

肉びらは波打って蘇芳《すおう》色の縁取りがあったが、肉付きも良く、大きさ、形も均整が取れていて、しかも、痩せた感じはなくぷっくりと肉厚だった。

二枚の肉びらがぴったりと口を閉ざしているものの、全体が蜜にまみれていて、淫蕩な光沢を放っていた。見とれていると、

「ダメ。死んじゃいたい。見ないでください」

美鈴が羞恥に身悶えをする。

膝の裏側を押さえつけ、股間を引きあげておいて、いっそうあらわになった女の亀裂を会陰《えいん》部から舐めあげていく。

舌全体をつかって、濡れ溝から上方の肉芽を巻き込むようになぞりあげると、

「くっ……！」

美鈴は肢体を鋭く震わせる。

夏場であり、しかも、着物に身を包んで女将としての仕事をしていたのだから、汗をかいたのだろう。わずかにしょっぱい。

舐めているうちに、酸味の強いヨーグルトのような味が味蕾《みらい》に沁みとおってきた。

「ああ、いやだわ……妙な匂いしませんか？」

不安に駆られるのは、女として当然かもしれない。

「全然。きれいなものです」

安心させておいて、高野は狭間に沿って舌を往復させる。会陰部から濡れ溝をたどり、そのまま肉芽をピンッと弾くと、

「あっ……！」

電流に打たれたように、肢体が撥《は》ねた。

やはり、クリトリスが急所なのだろう。高野は舌先で突起をさぐりあて、円を描くように舐める。それから、下から包皮を剝いてゆっくりとなぞりあげ、舌先が突起の根元をとらえると、強めに舐めあげる。

「くっ……！」

美鈴はそのたびに呻き、反応して顎をせりあげる。


立ってください——と言われて、高野が布団の上で両足を踏ん張ると、美鈴がにじり寄ってきた。

「お元気ですね。それに、カリが張っていて、立派だわ」

見あげて言って、美鈴は両手を茎胴に伸ばした。肉棹の形状や硬さを確かめでもするようにおずおずと表面をなぞっていたが、やがて、両手で捧げ持つようにして、先

端にちゅっ、ちゅっと愛らしいキスを浴びせてくる。

（おおぅ、美鈴さんが俺のを……！）

いくら好きだと口で言われても、実感はなかった。だが、こうして珍棒に気持ちを込めたキスをされると、自分がほんとうに愛されているんだという確信が持てた。

そのとき、美鈴が両手を後ろにまわして、背中で組んだ。

架空の縄で後ろ手にくくられているようだ。ぐっと姿勢を低くする。

あっと思ったときは、睾丸を頬張られていた。

（おおぅ……！）

信じられなかった。あの美鈴が、自分の金玉を口におさめ、もぐもぐと転がしている。

ゆっくりと吐き出すと、もう片方の睾丸を頬張った。

愛《いと》しくてたまらないといったふうに、なかで舌をからませてくる。

それから、静かに口を離し、今度は舐めあげてきた。

唾液で陰毛が貼りついた陰嚢の、その皺のひとつひとつを丹念になぞってくる。

横になった優美な顔が、舌で皺袋をあやしながら、うっとりとした目で高野を見あげてくる。

（なんて色っぽい目をするんだ！）

四十五年生きてきて、こんなに悩ましく、男を惹きつけてやまない瞳にお目にかかったことがない。

妖艶な目を向けたまま、美鈴はさらに姿勢を低くして、玉袋の付け根から肛門にかけて舌を走らせる。

敏感な蟻の門渡りをなめらかな舌で、緩急つけてなぞられると、搔痒感《そうよう》が走ってイチモツに一段と力が漲るのがわかる。

しかも、白い長襦袢がもろ肌脱ぎで腰にまとわりつき、見事な乳房がふくよかなふくらみと頂の突起を見せ、しなやかそうな背中には黒髪が簾《すだれ》のように垂れかかっている。

会陰部に何度も舌を往復させて、美鈴はようやく顔をあげ、上から頰張ってきた。先端から根元にかけてゆったりと唇を這わせながら、背中では右手で左手首をしっかりと握っている。

つらいはずだ。そして、敢えてこの不自由な姿勢を取る美鈴の抱えている性《さが》を思わずにはいられなかった。

ルージュの引かれた唇が勃起の表面を等速で行き来する。

ただ唇をすべらせているだけなのに、どんどん快感がふくらんでくる。

視線を下にやると、美鈴は行儀良く正座して、腰をあげ、ゆったりと顔を打ち振っている。艶かしい縦皺を刻んだ唇がおちょぼ口になり、顔を振るたびに唇が勃起にまとわりついて、微妙に形を変える。

美鈴は唾を啜るようないやしい音は立てずに、ひたすら唇を往復させている。

首を振るピッチが徐々にあがり、勢いが増した。

上半身をつかって「んっ、んっ、んっ」とつづけざまにしごかれると、もう、こらえきれなくなった。

「ううぅ……美鈴さん、ありがとう」

首振りをやめさせると、美鈴は名残惜しそうに唇を離して、濡れた瞳でじっと見あげてくる。

5

美鈴がシーツに四つん這いになった。

光沢のある白い長襦袢が、ハート形の尻を包んでいる。布地越しに尻を撫でまわすと、その丸みと肉のたわみが伝わってきて、

「あぁぁ……あうぅぅぅ」

美鈴はもう我慢できないとでも言うように、腰を横揺れさせる。

長襦袢をまくりあげると、むちっとした乳白色の双臀がまろびでてきた。ウエストがくびれているだけに、いっそう尻の張り出しが強調されて見える。

釉薬《ゆうやく》をたっぷりかけた陶器のような光沢である。

その尻をつかみ寄せ、猛りたつものを尻たぶの底に押しあてた。

「いいんですね？」

確認すると、

「はい……こうなったのですから、覚悟はしています」

「私も覚悟はしています」

切っ先で潤みのなかの膣孔をさぐりあて、慎重に腰を入れる。

とば口を亀頭部が押し割る抵抗感があり、だが、そこを通過すると円滑に硬直がすべり込んだ。

「くっ……！」

美鈴が顔をのけぞらせ、背中を弓なりにしならせた。

「くぅぅ……」

と、高野も奥歯を食いしばっていた。

なかは、ほんとうに温かい。そして、押し割ってきた肉の塊を潤みきった粘膜がざわめきながら、包み込んでくる。

「おおぅ……動いてる」

思わず声をあげていた。

まだ何もしていないのに、内部の数箇所がふくらんだようにシンボルを圧迫し、しかもローラーのようにふくらみが移動して、それがはっきりとわかる。

うごめき、波打っている感じだ。

こんなのは初めてだった。

動かす必要性を感じない。それほどに、内部が自ら蠕動《ぜんどう》している。

歯を食いしばっていると、焦れたように美鈴がおずおずと腰を前後に揺する。

「ああ、いや……わたし、何をしてるの」

しかし、すぐにそれを恥じるように、動きを止めて、はしたないことをした自分を責めるように顔を左右に振った。

律動は男の役目である。

高野は腰をつかみ寄せて、ゆったりと腰を突き出し、引く。

すると、とろとろの蜜を付着させた肉棹がスムーズに押し入ったり、出てきたりして、

「あぁ……ぁあぁぁ……」

美鈴が心底気持ち良さそうな声を響かせる。

内部の蠕動も徐々に激しさを増し、波が大きくなった。

ローラーを転がされているような感触に、高野はぐっと奥歯を噛みしめて、暴発をふせいだ。

しばらくスローでの抜き差しを繰り返し、少しずつ打ち込みの幅と力を増していく。

反動をつけた一撃が、膣肉を内部までうがち、やがて、パチッ、パチンと破裂音が響いて、

「あんっ、あんっ、あんっ……」

美鈴はこれまで聞いたことのない高い声をつづけざまに放ち、シーツを持ちあがらんばかりに鷲づかみ、顔を上げ下げさせる。

(ああ、俺は今、美鈴さんを貫いている!)

新たなる感興《かんきょう》が込みあげてくる。

そのとき、美鈴の右手が後ろに伸びてきて、指を開いたり閉じたりする。

(ああ、この手をこうしてもらいたいんだな)

高野は右手でその手首をつかんで、ぐいと後ろに引っ張った。

ほっそりした右腕が伸び切り、それにつれて、美鈴がやや半身になって、乳房が半分ほど見えた。

横から見る乳房は見事な形で盛りあがり、やや上方に乳首が痛ましいほどにしこっ

て勃《た》っていた。

高野は手首から肘の近くに持ち替えて、ぐいと引いた。

美鈴が完全に半身になって、肩が抜けそうなほどに右手が伸び切った。かなりつらい姿勢のはずである。

なのに、その不自由さがいいのか、美鈴は突くたびに、

「あんっ……あんっ……あんっ……」

と、陶酔しきった声を放って、がくん、がくんと上体を揺らす。

思いついて、高野は右手だけでなく左手もつかんだ。両肘を握って、自分は後ろに体重をかける。

美鈴の上体がぐわっと浮きあがってきた。

結合が抜けないように、そして、美鈴に過大な負担がかからないように気をつけながら、強く打ち据えた。

下腹部が尻たぶを叩いて、バスッ、バスッと音が撥ね、

「あんっ、あんっ、あんっ……いい、いいの。もっと、もっとして！　美鈴をメチャクチャにして！」

美鈴があからさまな声をあげた。

「よし、こうか……こうか」

後ろにのけぞるようにして、つづけざまに腰を叩きつけた。

「うっ……うっ……」

美鈴はもうされるがままで、この乱行に身を任せていることが快感であるとでも言うように、首をがくがくさせる。

もっと貫きたかった。だが、高野は支えきれなくなった。

静かに、手に加えた力をゆるめて、美鈴を前に倒す。

うつ伏せになり腹這いになった美鈴の尻めがけて、ぐいぐいと肉棹を突き刺していく。

尻をいっぱいにせりあげて、美鈴は深いところへの挿入をねだり、打ちつけるたびに、

「あっ、あっ、あっ……いい。いいの」

切羽詰まった声をあげる。

高野は折り重なるようにして、肩から右手をまわし込んだ。

胸元に腕をかけて、美鈴の逃げ場を奪い、背後からのしかかるようにしてえぐりたてた。

「ああ、ぁあああぁ……」

美鈴はすでに陶酔状態に陥っているのか、酔ったような声をあげるだけだ。

もっと、もっと愛する女を貫きたい。ひとつになりたい。

高野はいったん肉棹を抜いて、美鈴を仰向けにさせた。

膝をすくいあげて正面から押し入った。

「ああぁ……いい！」

美鈴が背伸びをするように肢体をのけぞらせ、そして、両手を頭上で組んだ。

右手で左の手首を握り、腋窩をさらした状態で、顎をせりあげる。

その放恣《ほうし》で悩殺的な姿に、高野も一気に追い込まれた。

すらりとした足を肩にかけて、ぐっと前に屈んだ。

「うっ……！」

両手を背伸びした状態で頭上にあげたまま、美鈴は眉根を寄せた。

肉棹が奥深くまで入り込んで、子宮口を打ったのだろう。

さらに前に体重をかけると、美鈴の肢体が腰から鋭角に折れ曲がり、高野の耳の横に白足袋に包まれた小さな足があった。

ゆったりと打ちおろすと、「うっ」という呻きとともに、耳の横の白足袋の足が反り返り、親指が内、外へと曲がる。

思いを載せて、上から打ちおろした。

屹立が真っ直ぐに女の坩堝《るつぼ》を深々とうがち、

「ぁああっ……ぁああっ……すごい、すごい。おかしくなる。おかしくなる」

美鈴が今にも泣き出さんばかりの表情で、訴えてくる。

「おおぅ、美鈴さん。たまらない。美鈴さんのあそこが締めつけてくる。ぐいぐい締まってくる」

「ぁああ、ぁあああぁ……高野さん、すべてを忘れさせて。メチャクチャにして。美鈴を壊して！」

「よおし、美鈴を……うおおおっ」

吼えながら、腰を叩きおろした。

体重を載せた切っ先が美鈴の深部へと届き、何かを掻き出し、高野もそれにからめとられていく。

額に噴き出していた汗がぽたっ、ぽたっと滴り落ちた。

汗が顔面にかかったのだが、それさえも気にならない様子で、美鈴は愉悦の嵐に身を投じている。

「美鈴さん、美鈴！」

名前を呼んで、猛烈に打ち据えた。

最大限に膨張し、硬さを極めた怒張が、滾《たぎ》る肉路をずりゅっ、ずりゅっとこじ開け、子宮口にあたり、

「うっ、うっ……ぁあああ、来るわ。来る……」

美鈴が顔をあげて、高野を潤みきった目で見た。

その瞳に哀切な感情と男にすがる女の悦びを感じて、高野も完全に舞いあがった。

「おおぅ、美鈴さん、出すぞ」

「はい……ちょうだい。美鈴も、美鈴もイキそう……イッていいですか？」

濡れた瞳で訊いてくる。

「もちろんだ。イクぞ。そうら、メチャクチャにしてやる」

全身全霊を込めて、打ちおろした。

「ああ、ああ……イク……イッちゃう……やぁあぁぁぁぁぁぁぁぁ、はう！」

美鈴がのけぞりかえった。

膣肉の絶頂の収縮を感じて、もう一太刀浴びせたとき、高野にも至福が訪れた。

ものすごい勢いで体液が噴出し、美鈴の体内にこぼれるのがわかる。

そして、美鈴はびくっ、びくっと痙攣しながら、目を閉じている。

これ以上の至福に満ちたセックスを、高野はしたことがなかった。

第五章　囚われの女肌

1

翌日も雨で、高野は蝶の採集を諦めた。

これまでなら、天候を恨み、捕虫網を伸ばせば届くところにいるネオタカノモルフォを捕らえられないことに、焦《あせ》りを感じただろう。

だが、今は女将の美鈴がいる。

昨夜、自分の体の下で昇りつめていった美鈴の顔が目に焼きついていた。絶頂の声も耳の奥に大切にしまってある。

(俺は、美鈴さんを抱いた。しかも、ちゃんとつきあうことを前提として、身体を重ねた。そして、美鈴さんは自分を好きだと言ってくれた。信じているとも)

美鈴は高野を味方につけるために、抱かれたという見方もできるだろう。だが、美鈴は損得勘定で男と寝る女だとは思えない。絶対に違う。

雨天ということもあり、午後になって、高野と美鈴は村長に会うために、村役場に向かった。

村長室で、高野はS開発の申し出を断り、村側に協力することを伝えた。

「そうか、よかった。ありがとう……ほんとうによかった」

斎藤が骨張った手で、高野の手を両側から包み込んで、強く握手してきた。

高野もその手を握りしめた。

二人の様子を見守っていた美鈴が口を開いた。

「これは村長にも知っておいていただきたいので、言います」

美鈴はいったん言葉を切って、

「わたしたちは交際をはじめました」

きっぱりと言った。

「交際というと……つまり、男と女の仲になった、ということかな？」

斎藤がおずおずと確かめてくる。

「はい……そういうことになります」

「そうか……」

短く答える斎藤の表情にはショックがありありとうかがえて、想像していたように、村長は美鈴に気があったのではないか、と思った。

斎藤はしばらく無言で窓から外の景色を眺めていた。おそらく、心の整理をしているのだろう。

振り返ったときには、険しい表情が消えていた。

「よかったじゃないか。女将にもそろそろ新しい彼氏ができてもいい頃だと思っていたよ」

「村長にそうおっしゃっていただけると、気持ちが楽になります」

美鈴がじっと斎藤を見据えた。

斎藤が視線を切って、高野に厳しい口調で言った。

「美鈴さんを東京に連れていくなんてことは、絶対に許さないぞ」

「わかっています。美鈴さんをこの村から外に連れ出すようなことは絶対にしません……それに、ネオタカノモルフォが新種の蝶として認められた場合は、この村に住所を移して、その世話をしなくちゃいけません。村長と美鈴さんとの約束でもありますから」

答えて、ふと思った。ムラノオオクサで魅力の増した女性が働き盛りの男をこの村に呼び寄せ、止めておくという、村長の考えていた村おこしに、自分はまんまと乗ったことになる。だが、そういう自分を卑下する気持ちはまったくない。

「高野さんが蝶を管理して、同時に『山際館』の女将の旦那としてここに住み着いてもらえれば、我々には最高の形になる」

村長が言う。

「しかし、そのためには、S開発の進めているプロジェクトをストップしなければいけませんね」

「そうだ」

「彼らが『ムラノエキス』と呼んでいるサプリは、すでに完成間近です。何とかしないと」

「わかっている。一応、こちらでも査察を進めていることがあって……それは判明次第、あなたにも伝えるから」

「早くしないといけませんね。向こうはこちらの想像以上にこの村にすでに深く入り込んでいる節があります」

「たとえば？」

「向こうは『山際館』を麓の基地として考えていて、乗っ取ろうとしているようですし……」

「それについては、わたしからも報告があります。うちはまだ借金がだいぶ残っていて、借金分と新しい住居を得られるくらいのお金で、うちの土地と家屋を買いたいと言ってきています」

美鈴の言葉に、斎藤が驚いたような顔をした。

「知らなかった。もっと早く相談してほしかったな」

「すみません。村長には夫が亡くなってから、旅館のことなど面倒を見ていただいておりました。心配をかけすぎるのも、と思って言いそびれていました」

「……それはもういい。とにかく、何とかしないと」

「この『蝶の谷』に、旅行客が押し寄せてくれれば、自然に『山際館』の客も多くなり、借金も返すことができると思いますが……」

高野が口を挟むと、斎藤も同意した。

最後に斎藤が念を押すように問い質してきた。

「もう一度訊くが、高野さんは今の役所を辞める覚悟はできているんだね？」

「はい、できています。辞めて、この村に移ってきます」

「なら、いいんだ。よく、決心してくれた」

S開発への今後の対応の仕方を話し合ってから、二人は村長室を辞して、役場を出た。今日は高野が車を運転していた。

美鈴が買い物をしたいと言うので、つきあった。スーパーで、美鈴の後をカートを押してついていくと、二人の未来図を見ているようで、じわっとした感激が込みあげてきた。

欲しいものがなくて、隣町まで車を転がした。

旅館に帰ったのは、予定よりかなり遅かった。

「ゴメンなさい。遅くなりました」

美鈴が玄関を入って声をあげたのだが、なかは静まり返っていて、物音ひとつしない。

「おかしいわね……香里さん、香里さん！」

美鈴が名前を呼ぶのだが、姪の香里の姿はない。それどころか、人の気配さえしない。女将が留守の間に、唯一の従業員である香里が旅館を空けるわけがない。

「どうしたんでしょう」

「へんですね」

高野もさがしたものの、香里はいない。

二階にあがって、ひとつひとつの部屋を見ると、日登美の姿もない。

何か緊急なことが持ちあがって、二人一緒にどこかに出かけているのだろうか？

「高野さん、高野さん！」

美鈴の声が階下から響いて、高野は急いで階段を降りていく。

食堂のテーブルの前で、美鈴が一枚のメモ用紙を持ち、青ざめた顔で立ち尽くしていた。

「どうしました？」

「これを……」

美鈴が差し出してきたメモ用紙には、

(香里と日登美は貰っていく。心配するな。二人は丁重に扱う。ただし、警察に通報したり、何らかの形でことを荒らげたときには、彼女たちの命は保証しかねる。

Yより)

Yとは、おそらく吉村のことだ。

S開発の吉村が、二人の留守に香里と日登美をさらっていったということだろう。

「このYは、吉村でしょうね」

美鈴が同意を求めてくる。

「そうですね。先日、吉村はこの旅館に入り込んで、日登美さんと部屋で……」

言うと、美鈴は気づいていたのだろう、複雑な表情をした。

「私が村側についたのを知って、このままではまずいと考えて、二人をさらったんだろうな。私の責任だ」

自分らに楯突《たてつ》いたら、どうなるかを示したかったのだろう。同時に、『山際館』を立ち行かなくして、一気に奪おうとしているのだ。

吉村は、この村の女たちがムラノオオクサを摂っていて性欲が亢進《こうしん》しているのに乗じて、村の女たちに触手を伸ばしていた。観光協会の案内嬢や日登美ばかりか、香里にも手を出していたのかもしれない。

「どうしましょうか？」

美鈴が不安げに訊いてきた。

「そうですね。美鈴さんは村長に連絡を取って、善後策を練《ね》っていただけますか？」

「はい、わかりました」

美鈴が受話器を取っている間に、高野はある覚悟をして、二階にあがっていった。

2

小雨のなかを、高野はS開発の社屋へと向かっていた。

日が暮れるまでにたどりつかないといけない。

美鈴に言ったら、当然反対するだろうから、黙って出てきた。

自分のせいでこうなったのだから、どんな手段を使っても、二人を救出しなければいけない。蝶コレクターの習性で一応捕虫網は持ってきているのだが、おそらくそれどころではないだろう。

渓谷沿いを急ぎ、社屋に着いたときは、すでに日が落ちかけていて、明かりの点いた白亜の建物が薄暗がりのなかに浮かびあがっていた。

夜にここに忍び込んでくる者はいないと考えているのか、警備は手薄だった。だが、いくら何でも正面玄関から侵入するのは無理だ。

高野は建物の裏にまわって、機会を待った。

小一時間ほどして、白い制服を身につけた若い男がゴミ袋を持って、出てきた。男は、やや離れたところにある物置に向かって歩いていく。

獣に漁《あさ》られるのをふせぐために、ゴミ置場は小さな建物のなかにあるのだろう。男が姿を消した瞬間を見計らって、高野は足音を忍ばせて裏口から室内に入り込んだ。

物陰に隠れていると、さっきの男が戻ってきて、高野には気づかずに廊下を歩いて去っていく。

さて、どうしようか？　まだ、午後七時。今動くのは危険すぎた。

高野は洗濯機の並ぶ部屋で、ひたすら時が経過するのを待った。

今頃、美鈴は高野がいないのに気づいて、心配していることだろう。不安にさせて申し訳ないとは思うが、指を銜《くわ》えてじっとしているわけにもいかなかった。

ふと見ると、クリーニングボックスのなかに、あの白い制服が乱雑に放り込まれていた。

これを着れば、たとえ姿を発見されても、誤魔化しが利く。高野は服を脱いで隠し、東南アジア人が着るような白い麻のジャケットを着て、ズボンを穿いた。

三時間が経過して、廊下を歩く足音も人の気配も完全に途絶えた。

高野は部屋を出て、警戒しながら廊下を進んでいく。

すべての業務を停止したのだろうか、社屋の内部はひっそりと静まり返っていた。

一刻も早く香里と日登美を見つけて、救出しなければいけない。

だが、どこにいるのだろう？

迷路のような廊下を歩いていくと、見覚えのある場所に出た。

パーティルームと長田が呼んでいた部屋である。ここで、集団セックスを見た。

もしかして、と思い、高野は入口のドアノブに手をかけた。

カチャッと音がして、ドアが開いた。すると、

「ああああぁぁぁ……そこ！」

女の激しい喘ぎ声が耳に飛び込んできた。

ハッとして、高野は身を隠しながら、内側の部屋の窓からなかを覗いた。

白い室内で、香里と日登美が数人の男たちに寄ってたかって、犯されていた。

二人をセックス漬けにして、完全に掌中におさめようとしているのか？　それとも、何か他に目的があるのだろうか？

(吉村がいる！)

吉村が、香里を後ろから犯していた。

絨毯に四つん這いになった全裸の香里を、筋肉質の長身の男が犬のように蹂躙《じゅうりん》していた。パチン、パチンと肉がぶつかる音がして、

「そこ、そこ、そこ！」

香里が嬌声をあげて、背中を弓なりに反らせる。

吉村が動きを止めて、言った。

「前から俺を、物欲しそうな顔で見ていたものな。お前は、美鈴の亭主とも出来ていただろう？　調べはついているんだ」

まさか……？　香里にとって、美鈴の夫は叔父になるはずだ。叔父と姪が肉体関係があったとは、ちょっと信じられない。

「お前は、叔父を好きだった。だから、その頼みを聞いて、旅館で働いた。お前は叔父がどうしても欲しかった。それで、抱いてくれないなら旅館を辞めると駄々をこねて、強引に寝た。叔父は自分の不倫を恥じ、悩んでいた。そしてあの日、足をすべらせて谷川に転落した。お前が半分殺したようなものだ」

「……どうしても、叔父さんが欲しかった。しょうがないでしょ。欲しいものは手に入れる。それが人生でしょ」

「どうしようもない女だ……お前のような女は懲《こ》らしめなければな。寺島《てらしま》、来い！」

背の低い、がっちりした体格の男が近づいてきた。

散弾銃を撃っていた男だった。

寺島は香里の前に両膝をつくと、髪をつかんで顔を引きあげた。

やたら太く長いイチモツが赤い亀頭部を剝き出しにして、蛇のような血管を浮かびあがらせていた。

「咥えろよ。この淫売が！」

香里がきっと寺島をにらみつけた。

「何だ、コラ！　従えないって言うのか？　やれよ」

寺島が強引に巨根を、香里の小さな口に押し込んだ。

「ぐっ……うがっ……」

香里がえずいて、身体を痙攣させた。

寺島はいさいかまわず、腰を振って太棹を叩き込んでいく。それから、顔を引き寄せておいて、腰をぎりぎりまで突き出した。

肉棹が喉にまで届いているのだろう、香里がアイドル風のかわいい顔をゆがめて、「ウゲ、ウゲッ」と猛烈にえずく。

美鈴の夫と不倫をしていたとはいえ、高野にしてみれば一度寝た女である。

飛び出していって、やめさせるべきだ。だが、今出ていっては、自ら捕まりにいくようなものだ。

「へへっ、気持ち悪いやつだ。口から、涎《よだれ》をたらたら垂れ流しやがって。このぬるぬるしたものは何だ？　唾か、胃液か？」

口の端から滴り落ちる涎のような液体をすくいとって、寺島はその手を舐める。

「苦いな。やっぱり、胃液が混ざってるんだな」

気色悪い笑みを浮かべて、液体の付着した手をぺろぺろと舐め取っていく。

「香里、咥えていろよ。吐き出すなよ」

吉村が腰をつかみ寄せて、後ろから強く腰を叩きつけた。

こいつの持ち物はとにかく長い。日本刀のように反り返った肉刀が、香里の小さな尻たぶの底に深々と沈み込み、出てくる。

浅黒い筋肉質の肢体が躍り、肉刀が香里の女陰を連続して蹂躙する。

「うっ、うっ、うぐっ……」

香里は太棹を頬張った口から、くぐもった声を洩らす。下を向いた豊乳がぶるん、ぶるんと豪快に揺れているのが見える。

香里が肉棹を吐き出して、

「あんっ、あんっ、あんっ……いい。いいの……イッちゃう！」

嬌声を張りあげた。

「コラッ、咥えろよ！」

寺島がさらさらのミディアムヘアを鷲づかんで、ふたたび太棹を口に押し込んだ。

「イキたいか？」

吉村に訊かれて、香里が小さくうなずいた。

「その前に、寺島のモノをかわいがってやれ」

よほどさしせまっているのだろう、香里が自分から舌をつかいはじめた。

臍に向かってそそりたつ巨根の裏筋を舐めあげ、包皮小帯に集中的に舌を這わせる。

それから頬張って、ずりゅっ、ずりゅっと唇をすべらせる。

「この下手くそが！　そんなんじゃ効かねえんだよ！」

寺島に叱咤《しった》されて、香里はさっきより速く、大きく顔を打ち振る。

ジュルルッと唾音を立てて、亀頭冠を吸い込み、まるで獣が肉を食い千切るときのように顔をS字に振って、屹立を追い込んでいく。

そうしながら、後ろに突き出した腰を物欲しげにくねらせて抽送をせがんでいる。

「おおぅ、たまらんな。それだ」

寺島が気持ち良さそうに目を閉じた。

吉村が動き出した。尻を両手でつかんで引き寄せ、ゆっくりとした律動を送り込む。

徐々にピッチがあがり、力強くなると、香里が口の動きを止めた。

「オラッ、フェラはどうした？」

寺島に叱責されて、香里はまた唇をすべらせる。もたらされる悦びに身を任せながら、一心不乱に肉棹を唇でしごきたてている。

吉村が激しく打ち込むと、香里は動きを止める。

「コラッ！」

と怒られて、また唇を往復させる。それを繰り返しているうちに、香里の裸身がぶるぶると震えはじめた。

「うぐ、うぐぐ……あおおおぉぉぉぉぉ、うぐっ！」

昇りつめたのか、香里は太棹を吐き出して、ドッと前に突っ伏していった。外れた吉村の屹立が、白濁した蜜にまみれて、そそりたっている。

「寺島、やっていいぞ。腰が抜けるまで犯してやれ」

吉村に言われて、寺島が嬉々として、香里の足のほうにまわった。

ぐったりしている香里を仰向けにさせ、膝をすくいあげて、巨砲を打ち込んだ。

「うあぁぁ……！」

香里が息を吹き返したように、喘いだ。

「おおぅ、よく練れててたまらんな。くいくい締めつけてくる」

寺島は上体を立て、香里の膝を開いて押さえつけ、つづけざまに打ち込んでいく。

「あっ……あっ……たまらない。大きい。大きいのがえぐってくる。いっぱいよ、いっぱいいる……ぁあああ、もっとちょうだい。香里を壊して」

「お前は誰のチンコでもいいんだな。かわいい顔をしてるのに、淫売か？　そうら、もっとよがれ」

寺島に強く打ち据えられて、香里は気が触れたかのようによがり声をあげ、裸身を痙攣させた。


高野は腰が抜けたようになって、一歩たりともその場を動けなかった。

先日もここで乱交を見たが、あれは、自分の知らない女たちだった。だが、今目の当たりにしているのは、自分と身体を重ねた女である。それだけに、受けるショックは大きかった。

吉村が肉刀をぶらぶらさせて、今度は日登美に近づいていった。

全裸で絨毯に仰向けになった日登美を、三人の男たちが愛撫していた。ひとりが、乳房をつかんで乳首に舌を打ちつけ、もうひとりが、股ぐらに潜り込んで女陰を舐めしゃぶっていた。

そして、毛深い男が日登美の顔面にまたがり、毛が密生した陰嚢から肛門にかけてを、日登美は一心に舐めている。

（そうか、日登美は男の匂いを嗅いだり、舐めるのが好きだったな）

日登美の性癖が顕著になっているということは、やはり、即効性のムラノエキスを摂取したということだろう。

「臭いだろう？　あれをしたばかりだからな」

日登美の顔面にまたがった毛深い中年男が言う。

「この臭さがたまらないのよ……ああ、いい匂い」

日登美がうっとりと呟いて、また肛門に舌を這わせる。

「そんなに臭いのが好きか？　じゃあ、女のアソコの匂いも好きだろう」

吉村は日登美の髪をつかんで引き起こし、自分は白い総革張りのソファにどっかりと腰をおろした。

「しゃぶれ。お前の相棒が汚したものだ」

命じられて、日登美は拒むどころか、嬉々として従い、蜜でぬめ光る肉棹に貪りついた。香里の愛蜜を丁寧に舐め取り、舌鼓を打つ。

「香里さんのアレ、濃いのね。それに、複雑な味がする。あなたの我慢汁も含まれているのね」

「ふふっ、そうかもしれんな。面白い女だ。大切な交渉相手の接待をさせて、金玉やケツを舐めさせるのもいい。もちろん、チンコもな」

吉村がせせら笑う。

日登美は、反り返った肉柱に丹念に舌を走らせて、香里の蜜を舐め取っていく。さらには、陰嚢を頬張りながら、肉棹を指でしごく。

「鵜飼《うかい》、来い。あそこをいじってやれ」

吉村に言われて、さっき会陰部を舐めさせていた毛深い中年が近づいてきた。後ろに突き出された尻の底に右手をすべり込ませて、女の割れ目に二本指を差し込んで、出し入れをする。

「うぐ……うん、ん、んっ……」

日登美は尻をもぞもぞさせながら、いきりたちを上から咥え込んで、さかんに首を打ち振る。

目の前の光景に見とれていた高野の耳元で、いきなり男の声が響いた。

「早かったね」

ハッとして横を見ると、S開発常務の長田が立っていた。

怜悧な顔をほころばせ、甘い男性用のコロンの香りをぷんぷんさせて、高野の肩に手をかけてくる。

高野は驚きのあまり、動けなかった。

「いずれ乗り込んでくると踏んでいたよ。高野さんは正義感がお強い。二人をさらえば、あなたが間違いなくいらっしゃるだろうとね」

長田がほくそ笑んだ。

「うちは至る所に、監視カメラがついている。あなたがうろうろしているときから、すでにわかっていた。ここまで待ったのは、二人がどうなっているのか知ってもらうにはちょうどいい機会だから……くくっ、あそこを勃起させて。高野さんも好きだね」

長田の視線がズボンのふくらみに落ちて、高野は恥ずかしさと屈辱に震えた。

「話しましょう。こちらに」

肩を叩かれて、長田とともに部屋を出る。と、そこに巨漢のボディガードが立っていて、高野に卑《いや》しい者でも見るような目を向けて、嘲笑した。

3

常務室で、高野は長田と向かい合っていた。

「私はあなたに、うちに協力してもらえるように、充分な条件を出したはずだ。高野さんも一時は納得したんじゃなかったのか？」

「……私は村長を裏切れない。村側からも、幻の蝶を活かした村おこしをしたいと言ってもらっている。その際には、すべてを任せると、だから……」

「そうじゃないでしょう。あなたが裏切れないのは村長ではなく、『山際館』の女将の美鈴さんだ。違いますか？」

図星をさされて、高野は言葉に詰まった。

「やはり、そうでしたか？　いい女ですからね、あの人は。うちの吉村も彼女にはご執心でね。あの人を自分の女にしたいようだ」

「許さない、そんなことは絶対に」

「ほう……抱きましたね、女将を」

「いや、その……」

「ははっ、しどろもどろだ」

長田はからからと笑った。

「あなたは私どもを裏切った。だから、香里さんと日登美さんにここに来ていただいた。彼女たちはこのままでは麓に戻ることはできない。つまり、『山際館』は立ち行かなくなる」

「だから、こうして来たんだ。二人を解放してやってくれ」

「それはあなた次第ですね。高野さんがうちらに協力するなら、あの二人は帰します。

協力しないなら、二人は我が社にとどまることになる」

「犯罪ですよ、それは」

「ほう、聞き捨てならないことをおっしゃる。彼女たちは自分の意志でここに来た。何なら、本人たちに訊いてみればいい」

長田は自信満々である。実際に、彼女たちは吉村のセックスで骨抜きにされているのだろう。

「返事は明日まで待ちましょう。明日中に結論を出してもらいたい。我が社と契約をしていただきたい……あなたが美鈴さんを愛していらっしゃるなら、自《おの》ずと取るべき道がわかるはずです。では、今夜はゆっくりとお考えください」

しばらくすると、秘書の冴子が巨漢のボディガードとともにやってきた。高野はボディガードに拉致されるようにして、冴子の後をついていく。

冴子は階段を降りていった。

「地下室ですか?」

訊いても、冴子は答えない。それどころか、先日とはまったく態度が違って、冷たい。

地下室に降りると、気温も低くなって、黴《かび》臭い空気に包まれる。

細い廊下の両側には、小窓のついた部屋が並んでいて、まるで牢獄のようだ。

「冴子さん、ここは？」

「落ちこぼれや裏切り者を改悛《かいしゅん》させるための部屋です」

冴子が低い声で答える。

S開発は表向きは華やかだが、その裏にはこんな暗い一面も抱えているのだ。

もしかして、ムラノエキスには副作用があって、おかしくなった者を閉じ込めてあるのではないか？

「ここよ。服を脱がして」

冴子が巨漢に命じた。

そして、高野は巨漢に命じられて、やむなく白い制服を脱ぎ、下着さえも取った。

それを確認して、冴子はドアの鍵《かぎ》を開けた。

「あなたが色好《いろよ》い返事をするまで、ここを出ることはできません。あなたが推測しているとおり、ここは牢屋ですから」

ドアが開けられ、高野はなかに放り込まれる。重そうなドアが閉まって、鍵のかかる音がした。

人の気配を感じて振り返ると、壁もベッドも真っ黒な部屋に女がひとりいた。

彫りの深い美貌と八頭身の裸身――。

先日、パーティルームで三人の男を相手にしていた美人で、長田が「優子」と呼んでいた女だ。夫は海外出張中で、モニターに応募してきて、生来持っていた淫乱性が花開いたと言っていた女である。

当然、ひとりで閉じ込められるものだと思っていた。なぜ、優子が一緒なのだろう？

「あなたは……優子さんですね」

「はい……」

優子は一糸まとわぬ姿で、黒いシーツが敷かれたベッドのエッジに腰をおろしていた。そして、彼女の手には手錠が掛けられているのが見えた。

「先日、優子さんのことはパーティルームでお見かけしました。私のことはわかりますか？」

「ええ……高野さんですね。幻の蝶を捕まえにいらした」

そう答える優子は、この前の淫らな人妻とは違って、淑《しと》やかなセレブ妻に見えた。もともとハッとするような美人である。ひたすら淫らになっているときよりも、こうして節度を持って接してくれているほうが、色気を感じる。

「で、あなたはなぜ、ここに閉じ込められているんです？」

「それは……」

優子は黙して語らない。

高野は近づいていき、優子の隣に腰をおろした。

「理由を教えてもらえませんか？」

「決して話してはいけないときつく言われているので」

「……そうですか」

優子はしばらくうつむいて考え事をしていたが、やがて、すがりついてきた。

耳元で、優子が囁いた。

「あなたを接待するように言われています。この部屋も監視されていて、わたしたちのすることは筒抜けです。わたしが地下室にいるのは、ムラノエキスの副作用で常軌を逸したと思われたからです。接する男すべてに抱かれたくなって……ニンフォマニアだと判断されたんです。好色を通り越して、病気だと。病気まで亢進すると彼らは困るのです。本来なら、それを副作用と考えてムラノエキス自体を調整すべきなのですが、彼らはそんな時間は余計だと考えています。わたし以外にも内臓を傷めたり、精神を病んだりするサンプルの女性は多々います。それを彼らはすべて例外と処理しようとしています。そういう女性はすべてこの地下室に閉じ込められて、世には出さないつもりなのです。言っていることはわかりますか？」

高野はどこかからから狙っているだろう監視カメラを意識して、小さくうなずいた。

「ムラノエキスは危険です。わたしも摂らなくなって、ようやく普通に戻りました」

「わかりました。話してくれて感謝しています」

「……あまりこうしていると怪しまれます」

高野は考えた。このままでは、自分は長田に屈して、S開発の一員としての契約を交わすことになる。何とかして、この窮地を脱しなければいけない。

まず、この牢屋を抜け出して、香里と日登美を救出し……。

そのためには、優子の協力が不可欠だ。幸いにして、優子は今、奴らのことを良く思っていない。思い切って、優子の耳元で考えていることを告げた。

「私はここを脱出して、香里と日登美という囚《とら》われの身の二人を救出したい。もちろん、あなたも。一緒にこの牢獄を出よう。協力してもらえないか？」

優子はややあって、大きくうなずいた。

「ありがとう。ではまず、敵の目を欺《あざむ》くためにも、ここは彼らの罠にかかったふりをしよう」

「ということは？」

「つまり、あなたと懇《ねんご》ろになるということだ。セックスして、あなたの存在価値を認めさせ、同時に安心させる……それしかない」

「わかりました。高野さんがそうおっしゃるなら……でも、どうなっても知りませんよ。わたし、淫乱だから」

「ははっ……望むところです」

次の瞬間、優子の手錠を掛けられた両手が股間に伸びてきた。

そのまま、床にしゃがみ、高野の足の間に裸身を割り込ませて、ひとつにされた両手で肉棹を合掌するようにして、きゅっ、きゅっと擦ってくる。

華奢《きゃしゃ》な両手首を円形に覆うシルバーの手錠が、金属的な光沢を放って鈍く光り、それが短い距離を往復する。

それから、優子は両手をおろして、皺袋を持ちあげながら揉む。両手でチューリップを作るようにして、睾丸を柔らかく愛撫されると、掻痒感が込みあげてきた。

こんな切羽詰まった状況でも、昂奮するときはするのだ。

優子は慈《いつく》しむように金玉を撫でながら、見あげてくる。三十半ばの落ち着きを持った、しかし、デッサンされたような目鼻立ちのくっきりした顔がすでに情欲に輝いている。

この人には、ムラノエキスなど必要ないのだ。

生来の媚態を持った女には、媚薬など邪魔になるだけだ。

優子が上から肉棹に唇をかぶせてきた。

ゆったりとスライドさせながら、皺袋を両手で揉みあげてくる。

色白のもち肌が白絹のような光沢を持って、上からの仄かな明かりを反射し、清楚だが悩ましい官能美を放っていた。

背中まで垂れ落ちた長い髪が邪魔になるのか、時々、顔をあげて振り、髪をサイドに持っていく。

いったん吐き出して、唾液で濡れた肉柱を舐めあげ、カリのエッジを舌で弾く。肉棹の側面に浮かぶミミズのような血管に沿って、舌先を走らせる。

そのすべてが、匂い立つような色気に満ちている。

こんないい女を放っておいて、海外出張に出ている亭主が信じられない。一緒に連れていけばよかったのだ。

優子はまた上から頬張って、ジュブッ、ジュブッと唾音を立てて唇を往復させる。

「ツーッ……」

下半身が蕩けるような快感がうねりあがってきた。

契《ちぎ》りを交わした美鈴には、申し訳ないと思う。だが、これはここを脱するための作戦なのだ。美鈴だってわかってくれるだろう。

そのとき、優子がくぐもった呻きを洩らして、腰をもじつかせた。尻が微妙に揺れている。手錠を掛けられた両手が、太腿の奥に姿を消していた。

ネチッ、ネチッと淫靡な音がする。

優子は男の肉棹を咥えながら、自らを指で慰めているのだった。

普通は、自らの快楽が優先してしまい、フェラチオがいい加減になるはずだ。だが優子は違った。まるで、体内から湧き起こった快感がそのまま唇と口につながっているかのように、情熱的に唇をすべらせる。

指を体内に打ち込むのと、唇のスライドが同じピッチで繰り返される。

柔らかな唇が亀頭冠のくびれをなめらかにすべり、圧迫する快感が、次第に強いものになっていく。

と、優子は陰毛と唇が接するほど深々と頬張り、その状態で膣肉に激しく指を出し入れした。

「うぐぐ……ぐっ……ぐぐぐ……」

湧きあがる愉悦に身をよじり、凄艶な呻きを洩らしながら、優子は体内を掻きまわし、もっと深くとばかりに屹立を喉奥へと招く。

それから、唇を引きあげていき、しゅぽっと吐き出した。

自らの唾液を滴らせた肉棹を舐めあげ、ふたたび頬張ってくる。

「んっ、んっ、んっ……」

と、声をあげて唇を往復させ、いったん動きをゆるめて、膣肉に指をピストン運動させる。

彫刻刀で削ったような細腰から急峻な角度でひろがった尻が、もどかしそうに揺れて、全身が細かく震えはじめた。

　優子が相手では、演技で誤魔化そうなどというのは無理な話だ。これだけ精力を傾けてくれているのだから、どんな状況であっても、それに応えるのが男だろう。

4

「ああ、欲しい……我慢できない」

　優子が顔をあげて、訴えてくる。

　高野は隠しカメラの位置をさぐろうと、それとなく周囲を見まわした。だが、壁には絵画も時計も掛かっておらず、素人ではカメラの有無さえわからない。

（ええい、知ったことじゃない。長田は優子の手練手管《てれんてくだ》によって俺を陥落させ、味方に取り込もうとしている。この前と同じだ。乗ったふりをすればいい）

　高野は、優子の手を取って立たせ、ベッドに仰向けに寝かせる。乳首を愛撫しようとすると、

「いいの、もう……とにかく、欲しいのよ、これが」

　優子は下から右手を伸ばして、猛りたつものを握り、すりすりと擦ってくる。やはり、この人は根っからセックスが好きなのだ。

次の瞬間、優子は自ら足を開いてM字の形をとり、両手を陰唇に添えてぐいとひろげた。

「おおぅぅ……！」

珊瑚色の内部がぬっと現れ、複雑に入り組んだ赤い肉襞が蜂蜜を塗ったようにぬめ光っている。

「ああん、ちょうだい」

優子が哀願の色をたたえた目を向けてくる。それにつれて、露出していた内部の粘膜がひくっ、ひくっとうごめいて、男を誘うのだ。

「ください……ください」

優子は全身を艶かしくくねらせ、尻を横揺れさせてせがんでくる。

痴態に誘われながらも、ついつい言いたくなった。

「あなたのようないいところの奥様が、こんなに淫らなことをして、男を誘ったらダメじゃないか」

こんなときにお説教する自分はいったい何者なのか？

「でも、どうしようもないの。いったん欲しくなると、止まらない。カチカチのものを入れてもらうまで、疼いて疼いて、おかしくなる」

「その気持ちを少し抑えればいいんだ」

「男の人はみんなそう言う。でも、すぐに欲しいのに、どうして我慢しなければいけないの？　淫らですか？」

「……いけないわけじゃない。ただ、男はダイレクトに女の欲望を見せつけられると、退いてしまう。だから、たとえすぐに欲しくても、少しは我慢して、男にせまらせなさい。男には狩猟本能があって、逃げる獲物、つまり、女を捕らえて仕留めたいって気持ちがあるから」

「……………」

優子は押し黙って、足を閉じた。

太腿をよじりあわせながらも、欲望は抑えられないと見えて、内腿を擦りあわせ、恥ずかしそうに顔をそむけている。

それでも、時々、腰が何かを求めてせりあがる。

「ううう……ああ……」

つらそうに吐息をこぼし、右手の人差し指を嚙む。

「そうだ、それだよ。あなたのようにきれいな人にそんな切ない吐息をつかれると、男はたまらなくなる」

高野はむっちりとした足をつかんで開かせ、潤みの中心に屹立を押しあてた。

前のめりになって、ぐっと体重をかけると、切っ先が泥濘《ぬかるみ》をこじ開けて、ぬるぬる

っと嵌《は》まり込み、

「ああぁ……いい！」

優子がのけぞって、シーツを持ちあがるほどに握りしめた。

「おおう、くぅぅぅ……」

と、高野も奥歯を食いしばっていた。

熱く滾ったような肉路がきゅっ、きゅっと窄まりながら、硬直を締めつけてくる。

まるで、それ自体が命を持っているようだ。

これが、この淫蕩な器官が、優子の主体をも支配して、操っているのだろう。

高野は前に上体を倒して、優子の肢体を抱いた。

激しく動かしたら、すぐに洩らしてしまいそうだったからだ。

優子は長く生え揃った睫毛を伏せて、これ以上無理というところまで顎をせりあげている。高い鼻の孔はほとんど内部が見えなくて、ぎゅっと閉じられた目から鼻筋にかけてのラインが悩ましい。扇状に散った黒髪はさらさらで、その一本一本が生き物のように波打っていた。

（こんな美しい人が……）

頭をかき抱きながら、腰を揺らめかせると、

「あああぁ……ああああぁぁ……」

優子はますます顎を突きあげて、仄白い喉元をさらす。

あらわになった首すじにキスを浴びせ、鎖骨にも舌を這わせる。

蝶の翅《はね》のように左右対称に開いた鎖骨は、深い窪みを作って、出っ張った部分を舐めると、

「ぁああ、そこ、いいの……ゾクゾクする」

優子があからさまなことを口にした。

見事に円錐形に隆起した乳房をつかんで、揉みしだくと、そこは指を跳ね返すような弾力に満ちていて、指の形に姿を変え、それにつれて赤い乳首が尖り出てくる。

指に挟んで転がすと、あっと言う間に硬化して、存在感を増してくる。

左右の乳首をつまんで転がすうちに、下腹部が物欲しげにせりあがってきた。

「ぁあぁぁ……ぁあぁぁ」

ぐいぐいと腰を撥ねあげて、抽送をせがんでくる。

高野は腕立て伏せの形になって、腰を打ち据えた。

鋭角に持ちあがった分身が膣肉をずりゅっ、ずりゅっと擦りあげて、クリトリスが巻き込まれ、

「あっ……あっ……いい。感じる……おかしくなる。すごい、すごい……」

優子は、高野の両腕をつかんで、顔をますますのけぞらせる。

高野は緩急をつけ、浅く浅く突いておいて、三拍目にズンッと奥までえぐり込む。

「あっ、あっ……あん！　あっ、あっ、あん！」

ワルツのリズムで喘ぎ、優子は腕をつかむ指に力を込める。

もっと深く突きたくなって、高野は上体を立てた。優子の足を開かせて、押さえつけ、膣天井をめがけて肉棹を叩き込む。

「ああ、そこ……！」

切っ先がGスポットとその奥を擦っているのだろう、優子はまさに七転八倒という様子で両手を泳がせ、上体をくねらせる。

「気持ちいいんだね？」

「ええ、気持ちいい。ジーンとしてる。痺れが全身にひろがる。叫びたくなる。声をあげたくなる」

「いいんだぞ。声をあげて」

高野は両膝の裏側に手を添えて、力を込める。すると、尻が持ちあがって、角度がぴたりと合った。

膝を押さえつけながら、鋭く腰をつかう。

ジュブッ、ジュブッと淫靡な音がして、幾分白濁した蜜がすくいだされ、肛門に向かって垂れ落ちる。

「ぁあああ、いい！　いいの、いい……おかしくなる。あんっ、あんっ、あんっ」

制御を失った甲高い喘ぎが次から次とあふれて、地下室の空気を振動させる。

(長田、吉村、見ているか？　見せつけてやるよ)

高野は完全に居直った。

「この角度か、うん？」

「ええ、これ……いい、いいの！　イク、イク、イッちゃう……もう、イッちゃう！」

優子は両手でシーツをつかみ、顔を激しく左右に振る。

「いいんだぞ。そうら、イケ」

つづけざまに腰を躍らせると、優子の肢体がぶるぶる震え出した。

「イク……イキます……」

「そうら、昇りつめろ」

息を詰めて、連続したストロークを送り込んだ。

「イグ……やぁああああぁぁぁぁぁぁ、はう！」

優子はシーツを握ったままのけぞりかえり、がくん、がくんと大きく肢体を躍らせる。気を遣《や》ったのだ。

高野が抽送をやめると、膣肉が分身をくいっ、くいっと締めつけてきた。

だが、高野はまだ射精していない。

監視カメラで撮られているという意識が、自然に射精をコントロールしていた。挿入したままでいると、ぐったりしていた優子が息を吹き返した。

下から、またせがむように下腹部をせりあげて、潤みきった瞳で見あげてくる。

「まだ、欲しいんだね？」

優子は恥ずかしそうにうなずいた。

高野はつながったまま優子の背中に手をまわして、引きあげながら、自分は座る。

途中から自分で起きあがってきた優子は、高野の下半身をまたぐ形で向かい合い、キスをせがんでくる。

対面座位で、お互いの唇と舌を貪りながら、優子は我慢できないとでも言うように腰を前後に揺すりあげる。

舌と舌をからませ、唾液を呑み合った。

優子はキスをやめて、高野の後頭部に両手をまわし、のけぞるようにして腰をグラインドさせ、

「ああぁ、ぁあああ……グリグリしてくる。あなたのがグリグリしてくるぅ」

そう口走りながらも、いっそう強く腰をまわし、恥肉を擦りつけてくる。

もっと自由に動きたいのだろうと思って、高野は後ろに倒れて、仰臥した。

すると、優子は蹲踞《そんきょ》の姿勢で腰をしゃくりあげる。

顔をあげると、自らの屹立が腰の動きにつれて、現れたり、姿を消したりする。

まるで、毛の生えた肉アワビに分身が食われているようだ。

滴り落ちた淫蜜が恥毛を濡らし、そのビショビショになった陰毛にぬるぬるの肉アワビが擦りつけられる。

と、そこで、優子は上体を真っ直ぐにして、肉棹を軸にしてまわりはじめた。

繋《つな》がったまま慎重に回転して、真後ろを向くと、ゆっくりと前に倒れていく。

高野の右足に裸身を覆いかぶせるようにして、乳房で膝のあたりを擦ってくる。

豊かな乳房で、高野の足を愛撫しながら腰を揺するので、肉棹も刺激を受けて、高野はいっそう高まる。

だが、それだけではなかった。

優子はさらに前に身体を伸ばして、高野の右足をつかみ寄せ、親指にちろちろと舌を走らせる。

こんなことは、今までされたことはない。

汗ばんでぬらつく乳肌が足を包み込み、同時になめらかな舌が唾液を塗り込めるように足の親指をなぞる。

次の瞬間、親指が生温かい口腔に吸い込まれていた。

優子は身を乗り出して、親指をフェラチオするように頬張り、同時に乳房を足に擦りつけてくる。

女に全力で奉仕されていると感じた。しかも、屹立を呑み込んだ丸々とした尻がこちらを向き、肉棹が嵌まり込んだ膣肉の上方には、皺を集めたセピア色のアナルがひくひくと息づいている。

(どうだ、長田、吉村……昂奮するか？　羨ましいか？)

高野は優子の身体をつかんで持ちあげ、腰を撥ねあげた。浮いた尻の底めがけて、屹立が音を立ててめり込んでいき、

「うっ……うっ……ぁあああぁぁ、いい。すごい、すごい」

優子は親指へのフェラチオをやめて、顔をあげ、背中をしならせる。

「いいのか？」

「はい……いい。後ろから、獣のように犯してください」

ならばと、高野は上体をあげ、膝を抜いて、優子の後ろについた。

四つん這いになった優子は、尻を高々と持ちあげて、抽送をせがんでくる。

「獣みたい犯されたいんだね？」

「はい……何も考えられなくして。メスにして」

「よし、メスにしてやる。発情したメスだ、優子は」

高野は尻を引き寄せながら、猛烈に腰を打ち据えた。

「あっ、あっ、ああんっ……」

優子は、もたらされる悦びそのままに声をあげる。

そして、高野の脳裏から、何もかもが消え去ろうとしていた。

(俺も一頭のオスだ。ただただ本能に忠実な、オスだ)

高野は遮二無二《しゃにむに》腰をつかう。

ずいっと突き入れると、扁桃腺《へんとうせん》のようにふくらんだ奥の粘膜が切っ先を包み込んできて、ぐっと射精感が高まった。

すでに、優子は顔の側面をシーツに密着させる格好で、高々と持ちあげた尻の底に怒張を叩き込まれている。

「あん、あんっ……ああぁぁぁ、響いてくる。内臓が揺れてる……脳も揺れてる……いいよ、いい……たゆたってる。快楽の海をたゆたってる」

朦朧《もうろう》として、口走る。

「おお、イキそうだ。おおぉ、出すぞ。出すぞ」

「ちょうだい。熱いものをしぶかせて。わたしのなかに浴びせて、いっぱい」

高野は射精覚悟で強く長いストロークを繰り出した。

「うっ、うっ……ぁああ、いい……貫かれてる……いい、いいの……イキそう。またイッちゃう……恥ずかしいわ。軽蔑しないでください」

「それだけ、あなたの性能がいいってことだ。そうら、おおぅ、おおぅ」

「あっ、あっ、あっ……イク、イク、イッちゃう……今よ！」

「そうら！」

尻をつかみ寄せて、ぐいっと最奥まで打ち貫いた。

「イクぅ……ぁあぁぁぁぁぁぁぁぁ」

「おおぅぅ！」

吼えながら駄目押しの一撃を奥まで届かせた直後に、高野にも至福が訪れた。

「うはっ……！」

優子は凄艶な絶頂の声を洩らして、そのままドッと前に突っ伏していく。

放出の途中だった白濁液が的を失って、飛び散り、優子の黒髪から背中にかけて噴きかかった。

なだらかな丘陵を示す背中から、尻たぶのふくらみをどろっとした白濁で汚されながらも、優子は幸せそうに静かな呼吸をしていた。

第六章　美しき蝶を我が手に

1

どのくらいの時間が経過したのだろうか、地下の部屋は日が射し込まないので、今が朝なのか夜なのかも判然としない。

黒一色の部屋にあるのはペットボトルの水だけで、食料は一切ないし、与えられない。

空腹の具合から推して、おそらく翌日の昼過ぎあたりだろう。

依然として、長田も吉村も姿を見せない。たぶん、地下室に閉じ込めての兵糧攻めで、高野の意志を奪おうとしているのだ。

ベッドの隣には、横になった優子がうとうとしていた。

昨夜から、何度この女と身体を合わせたことか。

セックスしかすることがなかった。監視されているという意識が少しずつ遠のき、求められるままに、優子の肉体を貪った。

優子は満足に食事も与えられていないはずだが、性欲だけは燃え盛りつづけていて、飽きることなく肉棹を舐め、頬張り、そして、高野の腹にまたがって腰を振った。

高野も昂《たかぶ》り、最後は自分が上になって優子を刺し貫き、果てた。

その際限ない繰り返しだった。

（そうか、長田はこれを狙っていたんだな）

地下室で、優子に精液を絞り取らせ、精神が肉体に乗っ取られた瞬間を見計らって、契約にこぎつけようとしているのだ。

（俺はまんまと策略に乗ったわけか……）

いや、そうじゃない。

（俺は何があっても契約には応じない。そんなことをしたら、美鈴に見限られてしまう）

高野が意志を保っていられるのは、美鈴と一緒になりたい。そのためには、裏切るようなことはできない――という一心だった。

しばらくすると、どこからか、長田の声が流れてきた。

「高野さん、お早う。といっても、すでに昼過ぎだが……優子の身体はどうだったね？　喋れば、聞こえるから」

「……素晴らしかった。それが、どうした？」

「ほう、いまだに血気盛んだね。感心するよ。ところで、伝えておかなければいけないことがある。村長と美鈴さんがついさっきうちを訪ねてきた」

「………」

考えられないことではなかった。

香里と日登美を奪われ、二人を追ってここに来ただろう高野も戻ってこない。それで、三人を取り返そうと村長と美鈴がやってきたのだろう。だが、二人だけとは無謀すぎる。

「それで……？」

「村長には帰っていただいたよ。三人とも自分の意志でやってきたのだから、拉致ではない。そう言ったら、法的措置を取るとかで、帰っていったよ。馬鹿なやつだ」

「……美鈴さんは？」

「いるよ、ここに」

「あなたたち三人を残しては、帰りたくないらしい。もちろん、強制ではない。自分の意志で残っている。そうだな、美鈴さん？」

「……高野さん、大丈夫ですか？　お怪我はないですか？」

美鈴の声が流れてきて、高野は胸が熱くなった。

思わず叫んでいた。

「美鈴さん、こんなところにいてはダメだ。早く戻りなさい！」

「じつはね、美鈴さんから、わたしが残るから、他の三人は帰してくれという申し出があってね。どうしようか迷っているところなんだ」

長田の声が聞こえた。

「ダメだ、そんなことをしては。美鈴さん、いいから帰ってくれ。頼む！」

「ふふっ、自分を犠牲にして愛する人を救おうと言うのか……美しい自己犠牲だね。感動するよ」

「……長田！　許さないぞ！」

思わず声を荒らげていた。

「私を怒らせたらどうなるか、わかっているのか？　何なら、美鈴さんを吉村の部屋に放り込もうか？　吉村は嬉々として美鈴さんを犯すだろうな」

「やめろ！　いや、やめてください。お願いします」

「一時間、猶予《ゆうよ》を与える。一時間後に、うちの秘書をそちらにやる。ここで、契約をしよう。あなたがうちと契約すれば、美鈴さんは帰してやる。話はそれだけだ」

声が途絶えた。

このままではダメだ。どうにかして、美鈴をここから救い出さないと。いや、美鈴だけでなく、香里と日登美も。

ここは思い切ってやるしかない。

四十五年の間、日和見《ひよりみ》主義的な人生を送ってきた。だが、やるのは今しかない。今、思いを行動に移さなかったら、自分は死ぬまで後悔するだろう。

チャンスは、秘書の冴子がやってきたときだ。ボディガードもついてくるだろうが、あいつは自分を舐めてかかっている。どうせ何もできないとタカをくっている。彼さえ押さえ込めば、何とかなる。

幸い、高野は若い頃に二年間、武術を習ったことがある。てんで弱くて、試合にさえ出られなかったが、それを役立てるのは今しかない。

横を見ると、優子が起きて、こちらを見ていた。

ここを脱出する決意と、具体的な段取りを話して、協力してくれるか打診すると、優子はしっかりとうなずいた。


一時間後、優子にその在り処を教えてもらっていた隠しカメラの小さなレンズに、シーツの切れ端をかぶせて、監視カメラの視界を遮った。監視者には、カメラの故障としか映らないだろう。

間もなく、二つの足音が近づいてきて、部屋の前で止まった。

「決心はついたわね」

秘書の冴子の声がして、ドアが開いた。前には、ボディガードが立っていた。

高野は内側に開いたドアの後ろに隠れていた。

「どこにいる！」

ボディガードが踏み込んできた。この瞬間を待っていた。

あらかじめ打ち合わせておいた優子が、ベッドに座ったまま股を開いた。男の視線が翳《かげ》りの底に注がれた瞬間、高野は男のサイドに出て、思い切り右足で回し蹴りを放った。

下腹部を狙っての蹴りである。

狙い澄ました右足が弧を描き、その爪先が、ボディガードの一番の急所、即ち金的にめりこんだ。

「くうーっ！」

睾丸が潰れるようないやな感触があって、男が目を剝いた。他の部分は筋肉の鎧《よろい》で覆えても、ここだけは無理なのだ。

大きな体がほぼ直角に折れ曲がる。

高野は頭をつかんで、右膝で蹴りあげた。

ガツンッと膝頭が鼻柱にめりこんで、男は鼻血を撒《ま》き散らしながら、つんのめるようにして前に倒れた。

うつ伏せになった男の無防備な後頭部を思い切り踏みつけると、彼は四肢を痙攣させて、ぴくりとも動かなくなった。

その隙に、優子が部屋を飛び出し、呆然として立ちすくむ冴子を部屋に連れ込んでいた。

予想外の事態に目を丸くしている冴子を脅して、白い制服を脱がし、シーツを破った布切で後ろ手にくくり、声が出せないように猿ぐつわを噛ませた。

「悪いけど、しばらくそのままでいてくれよ」

脱がせた白衣を優子がまとい、高野もボディガードの制服を奪り取って、着た。

その際、ボディガードの男が身につけていた伸縮性のある警棒と、懐《ふところ》にしまってあった大容量の催涙スプレーをちょうだいした。

これで、戦える。

ついでに、幾つかの鍵がついている大きなキーホルダーも奪った。

監視カメラには目隠しがしてあるから、監視者はまさかこんな事態になっているとは思っていないだろう。

高野は優子とともに、急いで地下室を出た。

廊下を歩き、階段をあがり、一階に出る。

目的は三人を救うことだ。

身を隠しながら進んでいくと、あのパーティルームがあった。

香里と日登美がいるかもしれない。彼らは二人をセックスで骨抜きにしようとしているのだから。

部屋のドアを開けて忍び込んだ。

内側の部屋の窓から、香里と日登美が数人の男に寄ってたかって犯されているのが確認できた。男は三人いる。三人なら何とかなるかもしれない。

「待っててくれ」

優子に言って、ドアを開けた。

男たちがギョッとした顔でこちらを振り返った。

ひとりが香里をバックから嵌めていて、もうひとりが咥えさせている。

三人目の男は、日登美を正面から犯していた。

まさかの出来事に、男たちは呆然としている。セックスしている男ほど無防備な存在はない。

高野は駆け寄っていって、フェラチオさせている男の頭を後ろから警棒で殴りつけた。重量のある警棒が頭蓋骨を叩く鈍い音がして、男が頭を押さえながら後ろに倒れた。

　そのまま高野は、バックから嵌めている男の額を今度は正面から、警棒でぶっ叩いた。のたうちまわっている。

　男は目を剥いて、横に倒れて、悶絶した。

　三人目はあわてて結合を解こうとしていた。だが、日登美が腰にまわした足に力を込めていて、身動きできない。

　焦っている男の頭に警棒を振り降ろした。

　ギャッという悲鳴をあげて、男は日登美に折り重なるように倒れた。

　いくらセックス漬けにされていても、香里と日登美はいまだ正常な意識を保っているようで、高野を見て、「どうして？」という顔をした。

　そのとき、優子が部屋に入ってきた。

「二人とも、この人に従って、裏口から逃げてくれ。事情はあとで話す」

　指示をしても、二人は迷っている。

「とにかく、逃げろ！　早く！」

　声を張りあげると、二人はうなずいて、脱いであった白い制服を着た。

「優子さん、頼む。二人を誘導して、裏口から逃げてくれ……あっ、その前に吉村の部屋を知ってるか？」

「ええ、知ってるわ」

優子が二階の角部屋だと教えてくれる。

高野は、美鈴が常務室か、吉村の部屋にいると読んでいた。

「で、高野さんは？」

「美鈴さんを何とかしなきゃ」

「わかったわ。成功を祈ります」

「早く！　監視カメラが取り付けてあるんだ。もう、バレてるかもしれない」

うなずいて、優子は香里と日登美を引き連れて、裏口に向かう。

2

高野が来なくて、長田が痺れを切らしていることだろう。

高野は二階へとつづく階段を駆けあがり、まっしぐらに角部屋に向かった。

息が切れていた。慣れないことをして、心臓がドクン、ドクンと胸を叩いていた。

角部屋の前で立ち止まり、ボディガードから奪ったキーホルダーから、幾つかの鍵を試してみると、三つ目のもので鍵が開く音がした。

廊下を忍び足で歩き、広々とした部屋の前で立ち止まる。

大きなベッドの上で、生まれたままの姿の美鈴が赤いロープを掛けられて、縄化粧されていた。

高野が味わったその素晴らしい肉体の前面には幾つかの菱形《ひしがた》が編まれ、股間には縦に二本のロープが食い込み、背中にも何本かの赤いロープが綾取《あやと》りのように編まれていた。

そして、後ろ手に縛られた美鈴は全裸の吉村の前にひざまずき、その長い黒髪を吉村がつかんでいた。

「とうとうこのときが来たな……うれしいだろ、あん？」

美鈴は恨めしそうに、吉村を見あげる。

その目が、恨みばかりでなく、女の情欲をたたえていることに気づいて、高野はハッとして、踏み込もうという気持ちが削がれた。

「美鈴はマゾだものな。死んだ旦那に仕込まれたんだろ？　あんたは普通のセックスでは満足できない。高野に抱かれたらしいが、心底、満足できなかっただろ？　お前を満たしてやれるのは、俺しかいない。あんたもそれがわかっていた。だから、俺から逃げまわっていた。違うか？」

否定してほしかった。それは違うと。

だが、美鈴はぼうとした目で、吉村を見あげるばかりだ。

「答えられないほどに、縄酔いしちまってるってわけだ。縄を掛けられると、マゾは陶酔しちまうからな。だが、しゃぶるくらいできるだろう？　オラッ、しゃぶれよ。お前が欲しかったものだ」

吉村が、日本刀のように反り返ったイチモツを美鈴の口許に押しつけた。

美鈴はいやいやをするように首を振っていたが、やがて、切っ先で唇を割られ、一気に押し込まれる。

「美鈴の口は具合がいい。小さくて、ただ突っ込んでるだけで、唇となかが締めつけてくる」

吉村は美鈴の髪をつかんで引き寄せ、ゆったりと腰をつかった。

美鈴は口腔を犯されながら、じっと吉村を見あげている。

その瞼《まぶた》がふっと閉じられる。

目を瞑って、どこか恍惚とした表情を優美な顔に浮かべ、されるがままになっている。

「つまらねえな、それでは……自分から唇をつかえ。舌をつかえ。オラッ」

吉村が命じた次の瞬間、美鈴の顔が静かに揺れはじめた。

反り返った長い肉刀を、繊細な唇がずりゅっ、ずりゅっと行き来し、唇がめくれあがる。

動けなかった。おそらく、自分が愛した美鈴という女のほんとうの姿を知りたかったのだ。

美鈴の顔振りが徐々に速くなっていった。

根元から切っ先まで唇をすべらせ、途中から唾音を立てて啜りあげる。

いったん吐き出して、肩で息をする。

今度は、後ろ手にくくられて縄化粧された身体を沈めるように、吉村の股ぐらに顔を埋め、会陰部から陰嚢にかけての裏部を舐めあげる。

高野は尋常でない自分に気づいていた。

嫉妬とか、失望ではなく、ただただ美鈴の悩殺的な美しさに見とれている自分に。

美鈴は裏筋に舌を這わせて、上方へと舌を移し、ふたたび上から頬張った。

天を衝《つ》く勢いでそそりたつ肉刀を丁寧に丹念にしゃぶり、唇をまとわりつかせる。

吉村の右手が降りていき、乳房をとらえた。

菱形に掛けられた縄でくびりだされた豊艶な乳房をぐいぐい揉み込み、先端の突起を指先でいじる。

いきりたちを咥えつづける美鈴の、豊艶な腰がくねりはじめていた。

「ようやく、その気になったか……これが本来のお前だ。旦那に仕込まれたんだよな。その旦那が死んで、さぞや寂しかっただろう……俺の女になれ。悪いようにはしない。

『山際館』も、うちの麓の基地としてつづけさせてやる。悪い条件ではないだろう？　高野も間もなく落ちる。馬鹿な男だ。自分から飛び込んでくるとは……ああいうアホは、お前の亭主になる資格はない。そうら、もっと奥まで咥えろ。忠誠を誓え！」

吉村が髪を引き寄せ、ぐいと腰を突き出した。

「ぐふっ……うぐぐ……」

美鈴が悶絶せんばかりに苦しんでいる。

気づいたときは、飛び出していた。

肉棹を咥えさせながら、吉村がハッとしたようにこちらを向いた。

高野は右手に持った警棒を振りかぶって、頭部めがけて振りおろした。

さすがに、これまでの男とは違っていた。吉村はとっさに右腕でそれをふせいだ。

警棒が尺骨を砕く鈍い音がして、吉村が左手で右前腕を押さえながら、ベッドの反対側に転げ落ちていく。

高野は駆け寄ると、頭部を左腕で護る吉村めがけて、警棒を振りおろした。

今度は左腕の尺骨がいやな音を立てた。

激痛に転げまわる吉村に馬乗りになり、

「美鈴さんに手を出した罰《ばつ》だ」

拳で顔面をぶん殴った。

鼻血が噴き出し、恐怖に引き攣《つ》った顔で「やめろ」と訴えてくる吉村に、持っていた催涙スプレーを至近距離でかけてやった。

シュッーとガスが噴射されて顔面にかかり、吉村は噎《む》せ返りながら七転八倒した。

その間に、高野は美鈴を後ろ手に縛っている縄を解いて、吉村の着ていたジャケットを肩からかける。縄化粧はしたままだが、解いている時間はない。

「美鈴さん、逃げますよ」

「はい！」

美鈴が自分を見る目に、頼もしいものにすがる女の気持ちを感じ取った。

「こっちに」

高野は、美鈴の手を引いて、部屋を出た。

一階まで階段を駆け降りたところで、社員たちが騒ぎを聞きつけやってきた。先頭には、あの小柄なボディガードの寺島が立っていた。

「お前、何してるんだ！」

近づいてくるので、手にした催涙スプレーのノズルを押した。

シュ一ッと噴き出した催涙ガスをまともに顔面に食らって、寺島が咳き込んで、目を押さえた。

「痛い、痛い、痛い！」

寺島を撥ね除け、高野は催涙スプレーを振り撒きながら、正面玄関に向かう。

どうやら、ボディガードとして雇われているのは、高野が今打ちのめした三人だけらしい。男性社員は催涙スプレーに腰が引けて、ただ見守っているだけだ。

玄関から出ようとしたところで、男の声がした。

「そんなことをしても無駄だぞ。すぐに捕まる」

振り向くと、制服姿の長田が社員の向こうから顔をのぞかせていた。

高野は無視して美鈴の手を引いて、外に出た。

催涙スプレーを恐れて、社員たちは見守るだけだが、いずれ追ってくるだろう。

とにかく、ここから離れるしかない。

早足で歩きながら、美鈴が言った。

「高野さん、やるときはやるんですね」

「自分でも驚いていますよ。美鈴さんを助けたい、一心です」

「ただの蝶マニアじゃなかったんですね」

「だから、惚れたんでしょ？」

「ふふっ、そうね。わたしにも先見の明があったってことですね」

この切羽詰まった状況でこんなことを言える美鈴も、ある意味、腹が据わっているということだろう。

それにしても、美鈴のこの格好……。

白いジャッケットの前ははだけ、赤いロープを菱形に編み込まれた乳房も下腹部の翳りも白日の元にさらされている。

二本のロープを女の亀裂に深々と食い込ませながらも、美鈴は高野の手にすがるように、前に進む。

ムラノオオクサの群生する原に出たところで、数匹のネオタカノモルフォがコバルトブルーに赤い斑点のついた翅《はね》をひらひらさせて、太陽に向かって上昇していくのが見えた。

「あの蝶ですね。新種の蝶は」

「ええ、あれがネオタカノモルフォです」

「きれいですね。大型で、幻想的。きらきら光ってる」

いや、美鈴さんのほうがきれいですよ――。

口から出かかった言葉を、呑み込んだ。

そのとき、向こうから数名の刑事と警察官とともに、村長がやってくるのが見えた。

後ろのほうには、先に逃げたはずの、優子と香里と日登美の顔も見える。

先頭に立っていた中年刑事が美鈴の縄化粧された姿を見て、目を真ん丸にした。

3

結局、S開発は、ムラノオオクサが群生する土地を取得する際の土地不法取得が明らかになり、また『ムラノエキス』の臨床試験で雇ったモニターを不法に監禁したことと、香里、日登美を拉致したという理由で、責任者である長田と主たる実行者である吉村が当局に連行された。

そして、翌日の夜、高野は宿の部屋で美鈴と向かい合っていた。

今回のことで懲りた日登美は東京に帰り、『山際館』の宿泊客は高野だけになった。香里も疲労が出たのか、休みを取っていた。

この旅館に二人きりになり、高野は美鈴を抱きたかった。愛情の確認をしたかった。

二人は広縁の籐椅子に腰をおろして、外を眺めていた。

懸案のS開発の件が収束に向かって、肩の荷が降りたのだろう。美鈴も温泉に入り、浴衣に着替え、髪も解いてリラックスした様子を見せていた。

「S開発の例のサプリはどうなるんでしょうか？」

美鈴が思い出したように、訊いてきた。

「副作用があるようだから、販売は難しいんじゃないかな」

「ということは、ムラノオオクサを食べても副作用が出るっていうこと？」

美鈴が小首を傾げた。

「どうなんだろうね……ムラノエキスは濃縮して、効果を高めるために他の成分を加えているから副作用が出る。ムラノオオクサを調理して少量ずつ食べていれば、問題ないんじゃないかな。たとえば、アシタバって強精剤としても認められてるでしょ？アシタバをさらに強力にしたものとしてとらえればいい。だから、この旅館を、名物ムラノオオクサを食べられる旅館として売り出すのも手だと思う」

提案すると、美鈴がうなずいた。

「ネオタカノモルフォ観察の拠点旅館としてもね」

「……あの、蝶の採集のほうは？」

「明日中には、絶対に捕まえてみせます。いる場所はわかっているんだし、たぶん、もう邪魔は入らないから、明日こそは」

高野は固く心に誓った。

「そして、学会誌に発表して、新種として認めてもらいます」

「あの……高野さんはお帰りになるんですか？」

「いろいろな手続きがあるので、いったんは帰京します。でも、勤めている区役所はきっぱり辞めます。そして、こっちに移ってきます。ネオタカノモルフォの保護、管理をしなくてはいけないし、それに……」

「それに？」

美鈴が期待を込めて、高野を見た。

「それに……美鈴さんと、その……」

「何ですか？　おっしゃってください」

「美鈴さんと一緒になりたい……結婚してください」

ついに、プロポーズしてしまった。

美鈴の答えを待った。心臓がドクンドクンと鳴っている。

ややあって、美鈴が言った。

「でも、高野さんはわたしが吉村に何をされていたか、おわかりになっていらっしゃるはずです。あれを見たら……」

「問題ありません。そりゃあ、瞬間的にいろいろ思いました。でも、私が美鈴さんに応えられる男になればいいんだ」

高野は決意を込めて、美鈴を真っ直ぐに見た。

「……高野さん。わたし、高野さんのような方にお会いできて、ほんとうに幸せです。香里と日登美さんとわたしをあそこから救い出してくださった……わたし、あのときに完全にこの人に身をゆだねようと思いました」

「ということは……？」

「わたしのような者で、ほんとうにいいんですね？」

「もちろん。あなたでなければダメなんですよ」

「……喜んでお受けいたします。不束者《ふつつかもの》ですが、よろしくお願いいたします」

美鈴が籐椅子を降りて、正座し、深々と頭をさげた。

「美鈴さん……」

高野も椅子から降りて、美鈴を抱きかかえた。

紺色に大きな花柄の浴衣に包まれた肢体が腕のなかでしなり、洗い髪からシャンプーのいい香りが散っていた。

「美鈴さん、今夜はあなたに応えたい。自分を出してください。隠し事はしないでください。いいですね？」

耳元で囁くと、美鈴は深くうなずいた。

「縛っていいですか？」

「無理なさらなくても……わたしがあなたに合わせます」

「いえ、私がそうしたいんです」

高野は、美鈴の浴衣の胸元をつかんで開き、肩から下に向けてぐいと押しさげた。

「あっ……」

浴衣がもろ肌脱ぎにされ、なめらかな丸みを持った肩があらわになり、つづいて、乳房がまろびでてきた。

球体と流線型を併せ持ったたわわな乳房に見とれながら、後ろにまわり、背後から左右の乳房を鷲づかんだ。ぐいと揉み込むと、柔らかな乳肉が手のひらのなかでたわみ、

「ぁあぁぁ……！」

美鈴がのけぞりながら、背中を預けてくる。

「気づいたんです。私は蝶のコレクターだ。美しい蝶を追って、捕まえて、標本にするために展翅《てんし》する。展翅というのは、命を絶ったばかりの蝶をまだ体が硬直しないうちに、その翅をひろげて、展翅台に張りつけるんです。テープと虫ピンを使って……ようやく気づいたんです。それって、サディストの所業だってことに。そう、私にはもともとそういうところがあった。それは、女性に対しても同じなんです。思い出したくもないが、吉村のしていることを見て、私は自分の性《さが》に気づきました」

思いを吐き出して、乳房に指先を食い込ませる。

柔らかく重みのあるふくらみを下からすくいあげるように揉みしだき、頂上を指腹に挟んで強めに転がすと、しこった乳首がねじ切れんばかりによじれて、

「ううう……ぁあぁぁぁ、許して」

美鈴が顎を突きあげながら、身をゆだねてくる。

「許しませんよ」

さらさらの黒髪に顔を埋めて、獣染みた匂いとシャンプーの混ざった香気を鼻を鳴らして吸い込み、そして、髪の束を噛んだ。

唾液で濡れた髪を吐き出し、髪を鼻先でかきわけて、うなじに接吻した。

柔らかな髪質を感じながら、幾度も唇を押しつけ、そして、うなじから肩へとつづくなだらかなラインに舌を這わせる。

「ぁぁあ……ぁあぁあうぅぅぅ」

首をすくめながらも身を任せてくる美鈴が愛しくてならない。

高野はいったん愛撫をやめて、自分の浴衣の腰紐を解いた。

浴衣も脱いで全裸になり、前にまわった。

美鈴の両手を前に差し出させ、左右の手首を合わせて腰紐で巻いた。

それから、美鈴を立たせ、日本間と広縁の境にある鴨居に、余った腰紐をかけてぐいと引き、留めた。

もともと手先は器用なので、初めてでもこのくらいはできる。

部屋は天井が高いので、美鈴は両腕を頭上にあげた状態で、身体をほぼ一直線に伸ばして、立っている。

腋の下をさらして、乳房をあらわにした美鈴は、長い黒髪が肩から乳房に枝垂《しだ》れ落ちて、一枚の日本画のように悩ましく美しい。

「きれいだ。あなたは蝶より美しい」

口に出すと、美鈴ははにかんで目を伏せた。

「顔をあげて」

顎に手を添えて、唇を奪った。

裸の上体を折れんばかりに腕に抱きしめて、唇を重ね、舌を押し込んでいく。

くぐもった声を洩らしながら、美鈴も懸命にキスに応えてくる。狭い口腔に舌を潜り込ませ、女の舌をさがしてねぶりまわす。

「んんっ……んん」

と、最初にわずかな抗いを見せた美鈴も、舌をからめるうちに、全身から力が抜け、ぐったりとして高野に体重をかけてくる。

美鈴の身も心もとろとろに蕩けていくのがわかった。

右手をおろしていき、浴衣の前をはだけ、太腿の奥に差し込んだ。

「んっ……！」

ビクッと震えた美鈴の女の証は、すでに蜂蜜を塗ったようにぬらついていて、狭間をなぞると、美鈴はそれに合わせるように腰を振って、もっととせがんでくる。

「美鈴さんのここは正直ですね」

唇を離して言うと、美鈴は頬をほんのりと染めて、高野を恨めしそうに見た。

「その目がたまらない」

高野はもう一度、ディープキスをして、唾液を交換した。

それから、キスを顎から首すじ、鎖骨へとおろしていき、そこから横に外れて、腋の下にちゅっ、ちゅっと唇を押しつけた。

様々な匂いが混ざった甘く悩殺的な香りが鼻孔から忍び込み、ちょっとしょっぱいような味覚が舌に伝わる。

きれいに剃毛《ていもう》された、剃《そ》り残しのないすべすべの腋窩に舌を這わせると、

「ああ、そこは、いや……」

美鈴が羞恥に身をよじる。

身悶えをする様子を目に焼き付けながら、かまわず腋の下を舐めた。脇腹から腋の窪みに、さらに一直線にあがった二の腕の内側へと、ツーッとなぞりあげていく。

「あっ……あっ……」

敏感に反応して、美鈴は身体を痙攣させる。

そうしながら、高野は太腿の奥を指でまさぐっている。

美鈴は身も世もないといった様子で太腿をよじりあわせ、身をくねらせている。そ

して、高野の中指は熱い潤滑液が止めどなくあふれていることを察知していた。

腰が微妙に揺れるたびに、中指が粘膜のうごめきを感じ、女の壺に吸い込まれそうになる。

高野は腋の下から、乳房へと顔を移す。

片方の乳房をむんずとつかんで揉みしだきながら、中心で色づく突起を吸った。

しゃぶりつき、なかで舌をつかう。

こんなやさしげな女がこれほどまでに身体の一部を硬くするのか……。

痛ましいほどにしこった乳首を舐めあげ、横に弾き、そして、しゃぶりついて強く吸う。また吐き出して、今度は乳暈を甘嚙みし、乳首をたどって吐き出す。

「うあっ……！」

低い、本気の呻きを洩らして、美鈴が顔を撥ねあげた。

ギシッと鴨居が鳴って、美鈴の肢体が後ろに揺れる。

引っ繰り返りそうになり、鴨居から伸びたロープを両手でつかんで、身体を支える。

逃げていきそうになる下腹部をがっちりとつかまえて、高野は左右の乳首を充分すぎるほどにかわいがった。

乳首が可哀相なほどにしこっている。もう一箇所、泥濘の上部に息づく肉芽も痛ましいほどに硬くなっていた。今、美鈴の身体のなかで、三箇所だけが昂りそのままに凝固していた。

4

ここまでしていいのか、というためらいと、ここまでしなくてはダメなのだ、という強い気持ちを同居させたまま、高野は美鈴の帯を解き、途中まではだけていた浴衣を剝ぎ取った。

一糸まとわぬ姿で鴨居にくくられた美鈴の女体は、熟れた女のそこはかとない色気といまだ残っている清新な雰囲気が相まって、思わず一歩引いて見とれてしまいそうな圧倒的な官能美をたたえていた。

高野はかつて写真で見た、あのポーズをしてみたくなった。

美鈴の腰紐で、美鈴の右足を膝のところでくくり、ぐいと引きあげた。そのまま鴨居に通して、右足の膝を腰のあたりまで持ちあげて留め結ぶ。

下腹部の薄い翳りが照明に浮かびあがってつやつやとした光沢を放っている。そして、持ちあげられた太腿の内側が引き攣り、立っている足との境目には女の苑がわずかに赤い内部をのぞかせていた。

「ああ、いや……恥ずかしいわ」

美鈴がなよなよと首を左右に振った。

「いい格好ですよ。旅館の美人女将とはとても思えない、いやらしい格好をしている。女の秘密も丸見えだ。だが、この恥ずかしさがあなたをとらえて離さない。そうですね？」

言って、高野は前にしゃがんだ。

左右の指を陰唇に添えてひろげると、真っ赤な血の色をした粘膜がぬっと姿を現した。そこは、照明を反射して妖しくぬめ光り、男の視線に怯《おび》えるようにひくひくとうごめいている。

「ああ、居たたまれない。そんなにじっと見ないで……あぁぅ、いや、いや」

哀願しながらも、美鈴の腰はもうたまらないといったふうに横揺れする。

「そうら、何もしないのに、ネチャ、ネチャといやらしい音がする。縛られて自由を奪われ、好きな男に濡れたオマ×コを孔の開くほど見つめられて、そこを濡らす。それが、あなただ。橋口美鈴だ」

「……言わないで。言わないでください……あうぅぅぅ」

口ではそう言いながらも、美鈴の腰はいっそう激しく横に触れ、さらには、前後にも振れはじめる。

ネチャ、クチュという粘着音がはっきりと聞こえるほどに高まり、その音が聞こえるのか、美鈴はいやいやをするように首を振り、どうしていいのかわからないといったふうに裸身をくねらせる。

高野は開かれた太腿の奥にしゃぶりついた。

蜜にまみれた全体の内側の肉びらを指でひろげ、生赤く入り組んだ肉襞に吸いつく。

「うあっ……！」

一瞬引かれた美鈴の腰が、また前に戻って、高野の口許に押しつけられる。

「ああ、ゴメンなさい」

それを恥じるように、美鈴は太腿を閉じようとする。

吊られた右足が閉じてきて、それを高野は押し戻しながら、ぬめりの奥へと舌をいっぱいに伸ばした。

粘膜とも肌とも区別のつかない赤い襞の内側に舌を入れ込み、そこを抜き差しすると、

「ぁあぁぁ……あうぅぅ……いや、恥ずかしい」

美鈴はまた自ら下腹部を擦りつけてくる。

揺れる腰を押さえつけて、高野は唾液と蜜が混ざったものを、上方の肉芽へと塗り込めていく。

柔らかな繊毛の感触を感じながら、帽子をかぶった突起を何度も舌でなぞると、

「あっ……あっ……そこ！　うっ、んっ、んっ……」

美鈴はオコリにでもかかったように、ビクン、ビクンと腰を撥ねさせる。同じリズムで、腰紐が鴨居に擦れて、軋んだ音を立てる。

弾ける腰を両手で押さえ込んで、陰唇全体にしゃぶりついた。舌を狭間に押し込んで、窪みにぐにぐにと食い込ませると、

「ぁあぁ……高野さん、もうダメっ……美鈴、美鈴は……」

美鈴がさしせまった声をあげて、何かを訴えてくる。

高野は恥肉に唇を接したまま見あげ、わかっていることを訊いた。

「どうしたいんですか？」

美鈴は顔を振るばかりだ。

「黙っていたら、わからない。何もしませんよ」

「……だって……」

「じゃあ、このままですよ」

「ああ、意地悪しないで……」

「どうしてほしいんですか？」

「……切ないんです。あそこが切なくて、おかしくなりそう……だから、あれをそこに……」

「あれと言うと？」

「わかっているでしょ」

「わからないから訊いてるんです。何を、どこに入れてほしいのかな？」

美鈴は何度も言いかけて、口を噤んでいたが、やがて、

「……おチンチンを、高野さんのおチンチンを入れてください」

感に堪えないように、口走った。

「どこにですか？」

「ああん、オ、オマ×コよ。高野さんのおチンチンを美鈴のオマ×コに入れてください。お願い、お願い……」

美鈴はすべてを打ち捨てて、その言葉を口にした。

高野は立ちあがって、いきりたつものを翳りの底にあてた。

尻をつかみ寄せながら一気に腰を突き出すと、分身が女の肉孔をこじ開けていき、

「ああああぁぁ……！」

美鈴は鴨居から伸びた腰紐を両手で握りしめて、顎をせりあげた。

(これだ。これが俺が求めていたものだ)

この前もそう思った。この女体が自分のさがしていたものだ。

(俺はここに幻の蝶をさがしにきて、理想の女を見つけたんだ！)

腰をつかみ寄せ、思いを込めて腰を突きあげた。

信じられないほどに熱くいきりたった分身が、火柱となって美鈴の体内に浴びせられる。渾身《こんしん》の力を込めてえぐりたてると、

「あんっ、あんっ、あんっ……」

美鈴は顔をいやというほどのけぞらせて、歓喜の声を迸らせる。

汗ばんだ肢体を護るように抱きしめながら、乳房にしゃぶりついた。

豊艶な乳房は微熱を帯びてふくらみきり、量感あふれる乳肉の中心よりやや上方に小さな乳首が精一杯尖って、勃起している。

美鈴の状態をそのまま現す突起にしゃぶりつき、乳暈に思わずガジリと歯を食い込ませた。

「くっ……！」

痛さに、美鈴が痙攣する。

甘噛みしながら、腰を躍らせた。

ずりゅっ、ずりゅっと棍棒《こんぼう》が美鈴の体内に深々と押し入り、美鈴そのものを犯している ような気がする。

「あう、あう、あぐぐ……」

美鈴は総身を震わせ、のけぞらせて、顎を突きあげている。

全身から玉のような汗が噴き出して、生き物のように乱舞する黒髪が汗で肌に貼りついていた。

高野は右の次は左の乳首としゃぶり、吸い、齧《かじ》りながら、左右の尻たぶを鷲づかみして、その豊かな尻たぶを揉みしだき、指を食い込ませる。

「ぁあぁぁ、ぁあぁぁ……」

痛さに身をよじりつつも、美鈴は陶酔した声を伸ばしている。

高野は乳首を吐き出して、言った。

「今度は、美鈴さんを展翅したい。あなたの手足を磔《はりつけ》にし、動けないようにして、標本にする。美しい蝶のように」

「ぁあぁ、高野さん……言って、もっと言って」

「展翅して、あなたの美を永久に保存しておきたいんだ」

「ああ、うれしい……あなたをぎゅっと抱きしめたい」

「ダメだ。このまま、あなたは気を遣るんだ。もどかしさのなかで昇りつめていくんだ」

高野は燃えたぎる気持ちをぶつけるように、激しくえぐりたてた。

「ぁあぁ、ぁあぁぁ……いい。いいの。美鈴をメチャクャにして。突き落として。あなたしかいないの。わたしは高野さんの言いなりよ。わたしを奪って！」

「よおし、美鈴を奪ってやる。自分のものにする。誰にも渡さない」

「ああ、うれしい！　あんっ、あんっ、あんっ……いい。いいのよ。イッちゃう。イッちゃう！」

「そうら、イケよ。落ちろ！」

高野は全身全霊をかけて、美鈴の体内をシンボルで突いた。滾る膣肉を怒張が押し開き、切っ先が子宮口まで届くのがわかる。

美鈴はこれ以上無理というところまで上体をのけぞらせ、吊りあげられた右足の爪先を内側に折り曲げ、外側に反らせる。

昂りの印の痙攣が矢のように太腿を走り、腰をひくつかせ、後ろに枝垂れ落ちた黒髪さえも波打つ。

睾丸で生み出された欲情の証が輸精管を駆けあがってくる。

「美鈴、イクぞ。出すぞ」

「ああ、ちょうだい。美鈴もイキます。イキます」

「イクんだ。落ちろ。奪ってやる」

最後の力を振り絞って腰を突きあげ、深いところに切っ先を届かせた。

「あっ、あっ、あっ……ぁあああ、イキます。落ちる、落ちちゃう……やぁあああああぁぁぁぁぁぁぁぁぁぁ……はう！」

美鈴が鴨居から伸びた腰紐を握りしめて、のけぞりかえった。

膣肉が絶頂を示す収縮をするのを感じながら、高野も駄目押しの一撃を叩き込んだ。

切っ先が奥まで届いたその瞬間、欲情の印が一気に噴出した。

「あおおお、くっ……！」

放出を感じて、動きを止めた。

男液が迸るあたりから一気に波がひろがって、全身に響きわたる。精液ばかりか、すべてのエネルギーが流出するような圧倒的な射精感に、高野は我を忘れて酔いしれた。


和室に敷かれた布団のなかで、美鈴が高野の腕に頭を載せて横臥している。

そして、高野は、腰紐で赤くなった美鈴の手首をさすっていた。

高野の手の動きをじっと見つめていた美鈴が、ぽつりと言った。

「わたし、明日、あなたの蝶採集についていきます。あなたの力になりたいんです。足手まといですか？」

「いや、そんなことはない。捕虫網は予備のものがあるから、二人のほうが捕れる確率は高い」

「じゃあ、わたしも行きます。絶対に捕まえてみせるわ」

「ありがとう。そうしてくれると、こっちも心強い」

そう言って、高野は美鈴の髪を撫でる。

素人があれほど上空を飛ぶネオタカノモルフォを捕まえるのは、正直言って、難しいだろう。

だが、その気持ちがうれしい。そして、美鈴と一緒なら、幻の蝶を捕まえられそうな気がする。

「絶対に捕まえましょうね」

「ああ、そうしよう」

美鈴の身体が静かに降りていった。

胸板から腹部にかけて、ちゅっ、ちゅっとキスしながらさがっていった美鈴の唇が下腹部の肉の芋虫に触れた。

ぷにっとした唇を感じただけで、分身は一気に力を漲らせる。

なめらかな舌が肉茎を這いあがってくる。自分の淫蜜と精液が付着しているはずだが、厭《いと》うことなく、丹念に舐めてくる。

次の瞬間、いきりたちが温かい口腔に包まれた。

「おおぅ……」

柔らかな唇が怒張を等速ですべる快感に目を瞑った。

するると、部屋にいるネオタカノモルフォの幼虫が食草のムラノオオクサを食べるかすかな物音が聞こえてきた。

（了）

※本書は二〇一三年八月に刊行された竹書房ラブロマン文庫『ふしだら蝶の谷』の新装版です。

＊本作品はフィクションです。作品内に登場する人名、地名、団体名等は実在のものとは関係ありません。

長編小説
ふしだら蝶《ちょう》の谷《たに》＜新装版＞
霧原一輝《きりはらかずき》

2020年6月3日　初版第一刷発行

ブックデザイン……………………　橋元浩明（sowhat.Inc.）

発行人…………………………………………後藤明信
発行所…………………………………株式会社竹書房
〒102-0072　東京都千代田区飯田橋2－7－3
電話　03-3264-1576（代表）
03-3234-6301（編集）
http://www.takeshobo.co.jp
印刷・製本………………………中央精版印刷株式会社

ISBN978-4-8019-2271-6　C0193